Clemens Brentano

Ausgewählte Gedichte

Clemens Brentano

Ausgewählte Gedichte

ISBN/EAN: 9783741107030

Hergestellt in Europa, USA, Kanada, Australien, Japan

Cover: Foto ©Andreas Hilbeck / pixelio.de

Manufactured and distributed by brebook publishing software
(www.brebook.com)

Clemens Brentano

Ausgewählte Gedichte

Ausgewählte

Gedichte

von

Clemens Brentano.

Zweite Auflage.

.

Paderborn.

Druck und Verlag von Ferdinand Schöningh.

Zweigniederlassungen in Münster, Osnabrück und Mainz.

Erstes Buch.

Geistliche Gedichte.

———✦———

Eingang.

Was reif in diesen Zeilen steht,
Was lächelnd winkt und sinnend fleht,
Das soll kein Kind betrüben;
Die Einfalt hat es ausgesät,
Die Schwermut hat hindurch geweht,
Die Sehnsucht hat's getrieben.
Und ist das Feld einst abgemäht,
Die Armut durch die Stoppeln geht,
Sucht Ähren, die geblieben;
Sucht Lieb', die für sie untergeht,
Sucht Lieb', die mit ihr aufersteht,
Sucht Lieb', die sie kann lieben.
Und hat sie einsam und verschmäht,
Die Nacht durch, dankend in Gebet,
Die Körner ausgerieben,
Liest sie, als früh der Hahn gekräht,
Was Lieb' erhielt, was Leid verweht,
Ans Feldkreuz angeschrieben:
„O, Stern und Blume, Geist und Kleid,
Lieb', Leid und Zeit und Ewigkeit!"

Biondettens Lied.

(Aus den Romanzen 1810.)

———

Herr! ich steh' in deinem Frieden,
Ob ich lebe, ob ich sterbe:
Starb mein Heiland doch hienieden,
Daß ich sein Verdienst erwerbe!

Will der Schmetterling zum Lichte,
Muß die Larve er zerbrechen,
So hast du dies Haus vernichtet,
Meine Freiheit auszusprechen!

Solchen Tod laß mich gewinnen!
Herr, nach einem solchen Leben
Laß mich mit so klaren Sinnen
Dir die Seele wiedergeben!

Denn in deinen Händen liegen
Alle demutvollen Herzen,
Wie die Kindlein in den Wiegen
Still entschlummert, ohne Schmerzen! —

Weihelied zum Ziel und Ende.

(1816.)

———

Herr, Gott, dich will ich preisen,
Solang' mein Odem weht,
O hör auf meine Weisen,
O sieh auf mein Gebet.
Bin ich im Himmel oben,
Da lern' ich andern Sang,
Da will ich hoch dich loben
Mein ewig Leben lang.

Jetzt laß dir wohlgefallen
Mein treu einfältig Lied,
Muß doch ein Kindlein lallen,
Wenn es die Mutter sieht.
Nun hab' ich auch gesehen,
Wie du so väterlich,
Will nun nichts mehr verstehen
Als dich, mein Vater, dich.

Ich saß in meiner Kammer,
Sah trüb' ins Leben hin,
Die Seele rang in Jammer,
Voll Sorge war mein Sinn;
Da floß ein heilig Sehnen
Mir in das öde Herz,
Da brach mein Blick in Thränen
Und schaute himmelwärts.

Da war dein Himmel offen,
Stern traf in Augenstern,
Mein Glauben, Lieben, Hoffen
Fand Gnade vor dem Herrn.
Das Lied, das ich verschwiegen,
Das Lied, das leis' ich sang,
Sah ich die Engel wiegen
In Davids Harfenklang.

Und sah, den ich gerühret
Mit meinem Lerchensang,
Zum Herrn von mir geführet
Auf einem Dornengang.
Er sang mit mir zusammen
Mit sel'gem Flug und Fall,
In Gottes Liebesflammen,
Trotz Lerch', trotz Nachtigall!

An den Engel in der Wüste.

(Berlin. Herbst 1816.)

———

Ich bin durch die Wüste gezogen,
Des Sandes glühende Wogen
Verbrannten mir den Fuß;
Es haben die Wolken gelogen,
Es kam kein Regenguß.

Die Sonne trank wie im Zorne
Das Wasser aus jeglichem Borne,
An dem die Reise geruht;
Ich dürste, es leckten die Dorne
Meiner brennenden Wunden Blut.

Ich nahm den erschlagnen Kamelen
Das Wasser, das Blut aus den Kehlen,
Zu retten mein Weib und Kind;
Die Schätze an Gold und Juwelen
Begrub im Sande der Wind.

Dann wühlt' ich mit glühendem Schwerte
Den Kindern manch Grab in die Erde,
Erwühlte doch keinen Quell:
Ob Gott sie wohl finden werde?
Die Hyäne heulte so grell.

Ein Kind unterm Mutterherzen
Brach mit ihm, in schreienden Schmerzen
Gebar sie es sterbend dem Tod;
Es goß gleich glühenden Erzen
Die Sonne mir Licht in die Not.

Gern hätte ich Thränen getrunken,
Die Augen weinten nur Funken,
Ich wühlt' noch ein Grab in den Sand
Und bin in Verzweiflung gesunken,
Ach, weil ich kein Wasser fand.

Da ward ich zur wandelnden Leiche,
Auf daß ich den Brunnen erreiche,
Den letzten auf glühender Bahn,
Und wie ich so lechzend hinschleiche,
Da brüllen die Tiger mich an.

Es brannte die glühende Schwelle
Des Tages, da kam ich zur Stelle,
Der Brunnen war trocken und tot,
Es glühte zur Mitternacht helle
Der Mond wie Kupfer so rot.

Der Tod flog auf aus der Wüste
Und schauderte, da ich ihn grüßte,
Und floh, da rief ich ihm zu:
Daß Einer hier sterben müßte!
Er schrie mir: „Erst lebe du!

„Denn sterben heißt Ruhe erwerben,
Drum kannst du nicht leben, nicht sterben,
Der Durst ist unendlich in dir.
Dein Erbteil, das will ich nicht erben!"
So schrie er und eilte von mir.

Und heulend flog der Geselle
Wüsteinwärts mit Pfeilesschnelle,
Der Sand schlug rasselnd um ihn,
Da traf mich die glühende Welle,
Ach, daß ich erblindet bin.

O, Nacht ohn' Anfang und Ende,
Kein Stern, wohin ich mich wende,
Kein Bogen, kein Pfeil, kein Ziel!
Da rang ich betend die Hände,
Bis die Decke mir niederfiel.

Da fühlt' ich das Ziel mir gekommen,
Die glühende Leiter erklommen,
Und schrie zu dem bitteren Stern:
„Der Herr hat gegeben, genommen,
Gelobt sei der Wille des Herrn!"

Da hört' ich ein Flügelpaar klingen,
Da hört' ich ein Schwanenlied singen,
Da fühlt' ich ein kühlendes Wehn,
Da sah ich mit tauschweren Schwingen
Den Engel der Wüste gehn.

Und als ich ihn fragend begrüßte:
„Sag an, du Engel der Wüste,
Wo find' ich den Wasserquell?"
Da sprach er: „Wer treulich büßte,
Der steht an der Brunnenschwell'."

„Sag an, du Engel der Wüste,
Wo find' ich den Quell, da ich büßte,
Wo find' ich Jerusalem?"
Da sprach er: „Wer das nicht wüßte,
Käm' nie von Bethlehem.

„So folge nun streng meinem Gleise,
Du wandeltest blind nur im Kreise,
Nach Jerusalem wolltest du?
Reich mir die Hand auf der Reise,
Du zogst nach Babylon zu.

„Der Herr trieb tausend Meilen
Mich her, um dich zu heilen,
Zu brechen dein Brot mit dir,
Den Becher auch mit dir zu teilen,
Wohlauf, wir bleiben nicht hier!"

Da kniete ich still vor ihm nieder,
Da legt' er sein tauig Gefieder
Mir kühl um das glühende Haupt
Und sang mir die Pilgerlieder:
Da hab' ich geliebt und geglaubt.

Da sah ich den Himmel wohl offen,
Ach, Gott! kühl niedergetroffen
Kam Gnade, kam Segensflut;
Da konnte ich endlich auch hoffen
Auf meines Erlösers Blut.

Da sang ich: „Reich treulich die Hände,
Nun nimmer, nimmermehr wende,
O Engel der Wüste, von mir
Die Augen vor meinem Ende,
Dein Kreuz ist mein Kreuz auch mir."

So haben wir da wohl gesungen
Und Hand in Hand da geschlungen,
Und Flügel in Flügelpaar
Uns über die Wüste geschwungen,
Die ein Garten voll Segen war.

Dies war wohl ein innerlich Sehen,
Ein innerlich Auferstehen,
In mir selber erwachte der Geist;
Die Wüste, das waren die Wehen,
In denen mein Leben gekreist.

All, was ich verloren, begraben,
All, was ich, allein um zu haben,
In der heißen Wüste gesucht,
Das soll mich im Geiste nun laben
In unverbotener Frucht.

O Schimmer, o Lichter, o Farben,
O alle ihr goldenen Garben
In Duft, in Sonne, in Tau!
Ich schwelgte, ich kann nicht mehr darben,
Gott grüß' dich, mein geistlicher Pfau!

Ach, alles, was je ich gewesen,
Kann dir in der Seele ich lesen,
Kann vor dir in Thränen vergehn,
Kann vor dir in Reue genesen,
Kann mit dir dann auferstehn.

Und will dieser Abend verglimmen,
Laß höher und höher uns klimmen,
Auf Golgatha sinkt keine Nacht,
Es singen da ewige Stimmen:
„Am Kreuze, nun hab' ich vollbracht!"

Frühlingsschrei eines Knechtes
aus der Tiefe.

————

Meister, ohne dein Erbarmen
Muß im Abgrund ich verzagen,
Willst du nicht mit starken Armen
Wieder mich zum Lichte tragen.

Jährlich greifet deine Güte
In die Erde, in die Herzen:
Jährlich weckest du die Blüte,
Weckst in mir die alten Schmerzen.

Einmal nur zum Licht geboren,
Aber tausendmal gestorben,
Bin ich ohne dich verloren,
Ohne dich in mir verdorben.

Wenn sich so die Erde reget,
Wenn die Luft so sonnig wehet,
Dann wird auch die Flut beweget,
Die in Todesbanden stehet.

Und in meinem Herzen schauert
Ein betrübter, bittrer Bronnen;
Wenn der Frühling draußen lauert,
Kommt die Angstflut angeronnen.

Weh! durch gift'ge Erdenlagen,
Wie die Zeit sie angeschwemmet,
Habe ich den Schacht geschlagen,
Und er ist nur schwach verdämmet.

Wenn nun rings die Quellen schwellen,
Wenn der Grund gebärend ringet,
Brechen her die bittern Wellen,
Die kein Witz, kein Fluch mir zwinget.

Andern ruf' ich: „Schwimme! schwimme!"
Mir kann dieser Ruf nicht taugen!
Denn in mir ja steigt die grimme
Sündflut, bricht aus meinen Augen.

Und dann scheinen bös Gezüchte
Mir die bunten Lämmer alle,
Die ich grüßte, süße Früchte,
Die mir reiften, bittre Galle.

Herr, erbarme du dich meiner,
Daß mein Herz neu blühend werde!
Mein erbarmte sich noch keiner
Von den Frühlingen der Erde.

Meister! wenn dir alle Hände
Nahn mit süß erfüllten Schalen,
Kann ich mit der bittern Spende
Meine Schuld dir nimmer zahlen.

Ach! wie ich auch tiefer wühle,
Wie ich schöpfe, wie ich weine,
Nimmer ich den Schwall erspüle
Zum Krystallgrund fest und reine.

Immer stürzen mir die Wände,
Jede Schicht hat mich belogen,
Und die arbeitblut'gen Hände
Brennen in den bittern Wogen.

Weh! der Raum wird immer enger,
Wilder, wüster stets die Wogen;
Herr! o Herr! ich treib's nicht länger —
Schlage deinen Regenbogen.

Herr, ich mahne dich: verschone!
Herr, ich hört' in jungen Tagen,
Wunderbare Rettung wohne —
Ach! — in deinem Blute, sagen.

Und so muß ich zu dir schreien,
Schreien aus der bittern Tiefe,
Könntest du auch nie verzeihen,
Daß dein Knecht so kühnlich riefe,

Daß des Lichtes Quelle wieder
Rein und heilig in mir flute,
Träufle einen Tropfen nieder,
Jesus! mir von deinem Blute!

Gieb mir mein Kreuz, ich trag' dir's nach!

(22. November 1835.)

Jesus, wie süß, wer dein gedenkt,
Selig sein Herz in dich versenkt,
Doch süßer noch als alles ist:
Wenn du, o Jesu, bei mir bist!

Höher ist kein Gedankenflug,
Lieblicher kein Gesangeszug,
Nimmer so süß klingt Liebes Ton:
Als Jesus Christus, Gottes Sohn!

Brot, das die Reue in Thränen baut,
Wein, der dem Durste vom Felsen taut,
Suchender Liebe des Hirten Laut!
Selig, die findet, selig! die Braut.

Sonne der Seelen, so warm, so hell,
Wonne des Herzens, du Lebensquell,
Labung, die über die Ufer schwillt,
Alle Begierde mit Sättigung stillt.

Brentano, Gedichte.   2

Wo ist die Zunge, die Schrift, die vermag,
Daß sie die Fülle der Liebe mir sag'?
Nur wer's erfahren, der glaubet allein:
Wie süß die Liebe zu Jesu kann sein!

Bin ich allein! allein, allein!
Schließ' ich des Herzens Kämmerlein sein,
Dort sei sein Bettchen, so still, so rein,
Dort ist er mein — ach, wär' ich auch sein!

Dort bei der Herde, dort am Altar
Such' ich den Hirten, der Opferlamm war,
Such' ich sehnsüchtig, geheim, offenbar:
Jesus, nur Jesus! Ach, wär' es wahr!

Mit Magdalena, grauet der Tag,
Wandl' ich zum Grab, wo Jesus lag,
Daß er vom Herzen mir wälze den Stein
Und in dem Herzen bei mir kehre ein.

Bleib bei mir, Herr, der Tag sich neigt,
Mit deinem Licht mein Herz erleucht',
Bleib bei dem Kind in banger Nacht,
Bis es zu deinem Licht erwacht.

Mein Herz, vom Licht des Herrn besucht,
Blühet und bringt der Wahrheit Frucht.
Glühe in heiliger Liebe Zucht,
Dann stirbt die Welt, von ihm verflucht.

Jesu, wie ist dein Kleid so rot,
Hast mich geliebet bis zum Tod!
Dein Blut für mich ging ins Gericht,
So schau' ich Gottes Angesicht!

Jesu, wie ist deine Liebe reich,
Liebe, o werd' der Liebe gleich!
Jesu, du gabst dich hin für mich,
Nimm mich, o Herr! noch zaudre ich.

Mit deiner Lieb' berausche mich,
Nicht mehr der Welt dann lausche ich,
Jesu, dein Kreuz schwer auf dir lag,
Gieb mir mein Kreuz, ich trag' dir's nach!

Mutter und Kind.

Wechselgesang.

(1818.)

———

„O Mutter, halte dein Kindlein warm,
Die Welt ist kalt und helle,
Und trag es fromm in deinem Arm
An deines Herzens Schwelle.

„Leg still es, wo dein Busen bebt,
Und leis herabgebücket
Harr liebvoll, bis es die Äuglein hebt,
Zum Himmel selig blicket.“

„„Und weck' ich dich mit Thränen nicht,
So weck' ich dich mit Küssen,
Aus deinem Aug' mein Tag anbricht,
Sonn', Mond dir weichen müssen.

„„O, du unschuldiger Himmel, du!
Du lachst aus Kindesblicken,
O Engelsehen, o sel'ge Ruh',
In dich mich zu entzücken.

„„Ich schau' zu dir, so Tag als Nacht,
Muß ewig zu dir schauen,
Und wenn mein Himmel träumend lacht,
Wächst Hoffnung und Vertrauen.

„„Komm her, komm her, trink· meine Brust,
Leben von meinem Leben.
O, könnt' ich alle fromme Lust
Aus meiner Brust dir geben.

„„Nur Lust, nur Lust, und gar kein Weh,
Ach, du trinkst auch die Schmerzen,
So stärke Gott in Himmelshöh'
Dich, Herz aus meinem Herzen.

„„Vater unser, der du im Himmel bist,
Unser täglich Brot gieb uns heute,
Getreuer Gott, Herr Jesus Christ,
Tränk uns aus deiner Seite.„“

„Du strahlender Augenhimmel, du!
Du taust aus Mutteraugen.
Ach Herzenspochen, ach Lust, ach Ruh',
An deinen Brüsten saugen!

„Ich schaue zu dir, so Tag als Nacht,
Muß ewig zu dir schauen,
Du mußt mir, die mich zur Welt gebracht,
Auch nun die Wiege bauen.

„Um meine Wiege laß Seide nicht,
Laß deinen Arm sich schlingen,
Und nur deiner milden Augen Licht
Laß zu mir nieder bringen.

„In deines keuschen Schoßes Hut
Sollst du dein Kindlein schaukeln.
Daß es dir bleibe so lieb, so gut,
Wie Träume es umgaukeln.

„Mir träumet, wie ich so ganz allein
Gewohnt dir unterm Herzen,
Da waren die Freuden, die Leiden dein
Mir Freuden auch und Schmerzen.

„Und ward dir dein Herz ja allzu groß,
Und hattest nicht, wem klagen,
Und weintest du still in deinen Schoß,
Half ich dein Herz dir tragen.

„Da rief ich, komm, lieb' Mutter, komm!
Kühl dich in Liebeswogen.
Da fühltest du dich so still, so fromm
In dich hinabgezogen.

„So mutterselig ganz allein
In deiner Lust berauschet,
Hab' ich die klare Seele dein,
Du reines Herz, belauschet.

„Was heilig in dir zu aller Stund',
Das bin ich all gewesen,
Nun küß mich, süßer Mund, gesund,
Weil du an mir genesen.

„O selig, selig ohne Schuld,
Wie konnt' ich mit dir beten,
O wunderbare Ungeduld
Ans scharfe Licht zu treten.

„O Mutter, halte dein Kindlein warm,
Die Welt ist kalt und helle,
Und trag es fromm, bist du zu arm,
Hin an des Grabes Schwelle.

„Leg es in Linnen, die du gewebt,
Zu Blumen, die du gepflücket,
Stirb mit, daß, wenn es die Äuglein hebt,
Im Himmel es dich erblicket."

So lallt zu dir ein frommes Herz,
Und nimmer lernt es sprechen,
Blickt ewig zu dir, blickt himmelwärts
Und will in Freuden brechen.

Bricht's nicht in Freud', bricht's doch in Leid,
Bricht es uns allen beiden.
Ach, Wiedersehen geht fern und weit,
Und nahe geht das Scheiden!

Im Namen Jesu.

(1828.)

—————

Ich möchte gern was schreiben,
Das ewig könnte bleiben,
Denn alles andre Treiben
Will nur die Zeit vertreiben.

Ich möchte gern was lieben,
Das ewig ist geblieben,
Denn in den andern Trieben
Wird nur die Lieb' vertrieben.

Ich möchte gern mein Leben
Zu Ewigem erheben,
Denn alles andre Streben
Ist in den Tod gegeben.

Drum schreib' ich einen Namen,
Drum lieb' ich einen Namen
Und leb' in einem Namen,
Der Jesus heißt — sprich: Amen.

Verein im Gebet.

(Berlin. 1818.)

Es besteht kein Erdenbund,
Der sich nicht an ihm entzündet,
Der uns aus des Zornes Grund
Leidend trägt und in der Liebe gründet.

Träumend in das Abendrot
Sieht die Zeit; auf nächster Sprosse
Klimmt die Nacht auf mit dem Tod,
Doch wer betet, ist des Herrn Genosse.

Und so zwei versammelt sind,
Wie ihr heut' in seinem Namen,
Hebt sich gleich im Haus kein Wind,
Wie die Feuerzungen auf die Jünger kamen,

Will der Herr, wie er verhieß,
Treu doch sein in ihrer Mitten.
Fühlt ihr selig heute dies,
Ach! so betet auch für mich die sieben Bitten.

Am Kommuniontage.

(Berlin. 1818.)

Als ich heute am Altar
Hab' die Wunder angesehen,
Als das Brot mein Heiland war,
Trieb es mich, für euch zu ihm zu flehen:

Nimm, o Herr, doch alle Schuld,
Alle Trennung von der Erde;
Daß in eines Hirten Huld
Sich versammle die zerstreute Herde.

Brich das eitle Wortgemisch
Von Bedeuten, Werden in dem Glauben;
Deck beim Sein uns deinen Tisch,
Von dem Weinstock selbst gieb uns die Trauben.

Laß die Hoffart untergehn,
Die dein Wunder frech erkläret,
Bei der Kirche willst du stehn,
Bis das End' der Tage sie verkläret.

Mach uns all zu einem Leib
Mit den Gliedern, die schon oben;
Zu den heil'gen Brüdern treib
All die Schwachen, dich im Glanz zu loben.

Zwing, Herr! die, die draußen stehn.

Zwing, Herr! die, die draußen stehn,
Mit des Priesters ein' ihr Beten,
Denn es ist schon oft geschehn,
Daß, die immer an nur pochen,
Oder stets am Schlüssel drehn,
Gar den Bart noch abgebrochen.

Ein Band allein kann nicht genügen.

Ein Band allein kann nicht genügen,
Uns an die Wahrheit anzufügen,
Wir müssen klettern mit allen Zweigen,
Mit allen Blättern aufwärts steigen.

Woran wir schwach hinan uns winden,
Das müssen wir mit Liebe binden; —
Pflanz dieses Sinnbild zur Kapelle,
Folg bis zum Gipfel von der Schwelle.

Gehör der Welt nicht an.

Gehör der Welt nicht an,
Sonst ist's um dich gethan,
Um mich gethan!
Gehör dem Himmel an,
Dann bricht der schlimme Wahn,
Und ich klimm' an!
Ach! lenk den irren Kahn
Von dieser wirren Bahn,
Und lande an!
Hier ist kein guter Grund,
Hier in den Gluten bunt
Ist's nicht gesund!
Weh, dieses bunte Licht,
Das falsche Farben bricht,
Führt ins Gericht!
Folg nicht der Wolke kraus,
Komm heim ins Mutterhaus,
Bald ist es aus!

Hilf mir mein Elend einsam bauen!

(Berlin. Sommer 1818.)

———

Das Elend soll ich einsam bauen!
Die Brunnen, die ein Zauberschlag
Hervorrief auf den dürren Auen,
Sie wenden sich, der junge Tag
Will nicht mehr auf mich niedertauen,
Das Leben bricht mir den Vertrag.
Ich soll nun in die Wüste schauen,
Ich, der der Einsamkeit erlag,
Soll einsam nun das Elend bauen!

Das Elend soll ich einsam bauen!
Mir wie dem ersten Mann geschah;
Als in des Paradieses Auen
Der Herr ihn einsam trauern sah,
Schuf er aus seiner Brust die Frauen:
Der Himmel war der Erde nah,
Doch mit dem menschlichen Vertrauen
War Schlange, Furcht und Tod auch da.
Drum muß ich einsam Elend bauen!

Das Elend soll ich einsam bauen!
Wohlauf, mein Stab, nach Jericho!
Und will dir's vor der Wüste grauen,
Der Weg des Pilgers führet so;
Und fällst du in die Mörderklauen,
So kommt die Liebe irgendwo,
Dir aus der Ferne zuzuschauen:
Und läßt dich einsam Elend bauen!

Das Elend soll ich einsam bauen!
O Jesus! höre mein Geschrei,
Brich meiner Seele tiefes Grauen,
O Jesus! führ den Kelch vorbei;
Mach von der Hölle gift'gen Klauen,
O Jesus! meine Seele frei,
Ein armes kindliches Vertrauen,
O Jesus! meinem Geist verleih.
Hilf mir mein Elend einsam bauen!

In dem Lichte wohnt das Heil!

In dem Lichte wohnt das Heil!
Doch der Pfad ist uns verloren,
Oder unerklimmbar steil:
Wenn wir außer uns ihn steigen,
Werden wir am Abgrund schwindeln;
Aber in uns selbst, da zeigen
Klar und rein die Pfade sich:
Glauben, Hoffen, Lieben, Schweigen.
Laß uns diese Pfade steigen!
Daß wir nicht am Abgrund schwindeln,
Wollte Gott herab sich neigen
Und uns seine Hände reichen:
Sieh den Gottes Sohn in Windeln!

Unstet in meinen Schritten.

Unstet in meinen Schritten,
Herr, hab' ich oft gefehlt,
Du hast durch mich gelitten,
Ach! Wunden ungezählt.

Laß mich nicht lang' mehr wallen,
Führ mich an deiner Hand,
Wo ich nicht mehr kann fallen,
Heim in dein Vaterland.

Laß nicht mein Herz erkalten,
Herr Jesu! du allein
Mach Wesen aus Gestalten,
Und führ den Schein ins Sein.

Es bleichten meine Thränen
Den Schleier nimmer rein,
Herr, schenke meinem Sehnen
Der Gnade Sonnenschein.

Herr, werfe mir herüber
Ein Blatt aus deinem Kranz,
Geschmückt darf ich hinüber
Dann in der Bräute Glanz.

Lied eines Pilgers,

welchem Kinder am St. Markusfeste 1830 einen Kranz' von
Immergrün wanden, den er um das Kreuz in seiner
Kammer aufhängte.

Aus Immergrün gewunden
Ward mir ein Kranz gebunden,
Ich hab' das Kreuz gefunden,
Dem er allein gebührt.
O ihr fünf Rosen glühend,
Von Heil und Gnade sprühend,
Nur ihr seid ewig blühend
Zu heilen, wen ihr rührt.
 „Ich hört' die Kinder singen
 Am Fels, der immergrün,
 Ich sah sie Kränze schlingen,
 Kreuz, nimm den Kranz dir hin!"
 3*

Aus Jesu Händ' und Füßen,
Aus Jesu Herzen grüßen
Die Rosen mich, die süßen,
Die alles Frühlings voll.
Sie sind für mich entsprossen,
Sie sind für mich erschlossen,
Der Quell, den sie ergossen,
Ist's, der mich heilen soll.
    „Ich hört' die Kindlein singen
    Am Fels, der immergrün,
    Ich sah sie Kränze schlingen,
    Kreuz, nimm den Kranz dir hin!"

Wohin ich mich mag wenden,
Will mir die Nacht nicht enden,
Und nur aus Jesu Händen
Strahlt mir dies Rosenlicht.
Er zählt bei seinem Scheine
Die Thränen, die ich weine,
Er wägt sie bis auf eine,
Bei der das Herz mir bricht.
    „Ich hört' die Kinder singen
    Am Fels, der immergrün,
    Ich sah sie Kränze schlingen,
    Kreuz, nimm den Kranz dir hin!"

Und drauß' die Nachtigallen,
Die durch die Blüten schallen,
Bis sie zur Erde fallen,
Sie singen auch dies Lied.
Und alle Wellen wallen,
Und alle Quellen lallen:
„Der Sohn hat Gott gefallen,
Der mit fünf Rosen blüht!"

   „Ich hört' die Kinder singen
   Am Fels, der immergrün,
   Ich sah sie Kränze schlingen,
   Kreuz, nimm den Kranz dir hin!"

Heimweh der ausgesendeten Kinder.

(1826.)

Ach Mutter! bleibst so lange,
Es wird uns Kindern bange,
Der Abend ist so kalt!
Die Winde schaurig wehen,
Und lange Schatten gehen,
Und Löwen brüllen durch den Wald.

Weit sind wir heut' gegangen
Und tragen nun Verlangen
Nach unsrer Mutter Schoß;
Komm, trockne unsre Thränen,
Lös' auf dies bange Sehnen,
Mach unsre müden Herzen los.

Du sagtest uns am Morgen,
Wir sollten ohne Sorgen
Von deiner Schwelle gehn,
Wenn wir den Berg erklommen,
Und wenn die Nacht gekommen,
Dann würden wir dich wiedersehn.

Wir mußten mühsam wallen,
Und viele sind gefallen,
Und mancher ging voran;
Viel mußten wir auch weinen,
Durch Dornen und auf Steinen,
Durch Hitz' und Sturm ging unsre Bahn.

Nun geht der Tag zu Ende,
Drum heben wir die Hände
Und suchen deine Hand:
Thu auf die kleine Zelle!
Sind wieder an der Stelle,
Da du uns hast hinausgesandt.

Laß uns in grünen Wiegen
In weißen Hemdlein liegen,
So tief und still und dicht:
Laß Thränen uns befeuchten,
Laß auf uns niederleuchten
Dein ewig klares Mondgesicht.

Den Schleier, blau gewoben,
Den breite weit aus oben,
Drin laß uns hoffend ruhn.
Einst wird es wieder tagen,
Dann wird der Vater sagen:
Steht auf, ihr Kindlein, alle nun!

An eine Kranke.

Bleib nur stille,
Gottes Wille
Hat auch dich ja ausersehn!
Alle Armut, alle Fülle
Wird auch dir vorübergehn!

Bleib nur innig,
Treu und sinnig,
Wie dich auch der Engel grüßt.
Spreche: Deine Magd, Herr! bin ich,
Die dir nie ihr Herz verschließt!

Bleib vertrauend,
Aufwärts schauend,
Nimm nur fremde Not ans Herz,
Und auf die Verheißung bauend,
Trag die Erde himmelwärts!

Bleib nur liebend,
Wenn betrübend
Alles Leben treulos scheint.
Stirb du, allen Liebe übend,
Dann stirbst du dem Herrn vereint!

Bleib in Frieden,
Ungeschieden,
Eng getraut dem einz'gen Gut,
Der die Arm' ausstreckt hienieden,
Bis die Braut am Herz ihm ruht!

Bleib nur betend,
Wenig redend,
Sorge für dein Gartenbeet:
Säend, pflanzend, stützend, jätend,
Bis es reif zur Ernte steht!

Bleib nur kindlich,
Unverbindlich
Dieser lügenvollen Welt;
So bleibst du unüberwindlich,
Eine Braut, dem Herrn gesellt.

Bleib nur leise
In dem Gleise,
Wird zum Ernste einst das Spiel,
Und die wirre, bunte Reise
Kommt zum lichtgeschmückten Ziel!

Bleib nicht, allen
Zu gefallen,
Wählend auf dem Scheideweg:
Soll ich rechts, soll links ich wallen?
Segnend dich zur Seite leg!

Bleib nur hüpfend
Und entschlüpfend
Allen ab= und zugewandt,
Alle Schleifen, hier verknüpfend,
Führen nicht ins Vaterland!

Bleib lebendig,
Ganz abwendig
Werd mir nie, o sei mir fromm!
Mit dir leb' ich, mit dir end' ich —
Fleh! daß uns sein Reich zukomm'!

Bleib demütig,
Einstens blüht' ich,
War doch nie so froh wie du:
Arm war ich und übermütig,
Lange sah mein Gott mir zu.

Bleib geduldig,
Denn ich huldig'
Aller Huld allein in dir;
Strafe, Lohn, was all verschuld' ich?
Gieb, stumm Kind, ach, gieb es mir!

Bleib nur bleibend,
Blüten treibend,
Bis der Herr zur Ernte geht,
Für mich Ärmsten, dieses schreibend,
Opfre Früchte im Gebet!

Bleib das süße
Ziel der Grüße,
Grüß' dich Gott viel tausendmal,
Auf dem Baum im Paradiese,
Liebe kranke Nachtigall!

Weihnachtslied.

Kein Sternchen mehr funkelt,
Tief nächtlich umdunkelt
Lag Erde so bang;
Rang seufzend mit Klagen
Nach leuchtenden Tagen,
Ach! Harren ist lang'.

Als plötzlich erschlossen,
Vom Glanze durchgossen,
Der Himmel erglüht;
Es sangen die Chöre:
Gott Preis und Gott Ehre!
Erlösung erblüht.

Es sangen die Chöre:
Den Höhen sei Ehre,
Dem Vater sei Preis,
Und Frieden hienieden,
Ja Frieden, ja Frieden
Dem ganzen Erdkreis!

Wir waren verloren,
Nun ist uns geboren,
Was Gott uns verhieß,
Ein Kindlein zum Lieben
Und nie zu betrüben,
Ach, Lieb' ist ja süß!

O segne die Zungen,
Die mit mir gesungen,
Du himmlisches Kind!
Und laß dir das Lallen
Der Kinder gefallen,
So lieblich und lind.

O Friede dem Zorne,
O Röschen dem Dorne
Holdselig erblüht;
Süß lallende Lippe
Des Kinds in der Krippe,
Dir gleicht wohl dies Lied.

Die sieben Worte.

(1821.)

Hör, wie in den Finsternissen
Fleht die Stimme hell und lieb:
„Vater, diesen, die nicht wissen,
Was sie thun, vergieb, vergieb!"

Welche Worte, süß wie diese,
Luden je zur Hochzeit ein:
„Wahrlich, in dem Paradiese
Wirst du heut' noch bei mir sein!"

Süßes Wort an mir geschehe:
„Weib, hier sehe deinen Sohn,
Und du deine Mutter sehe!"
Ach, nun hab' ich Freude schon.

Mutter lehrt den Schmerz mich fassen,
Da: „Mein Gott, mein Gott!" er spricht,
„Warum hast du mich verlassen?"
Und ein Schwert ihr Herz durchsticht.

Ach, wie liebet er. — Er blicket,
Spricht: „Mich dürstet!" auch zu mir,
Seelen! strömt zu ihm, erquicket
Euren Quell und Retter hier.

O du wonnevoll Erschrecken,
O du Lichtwort tief in Nacht,
Das die Toten kann erwecken,
Lebenswort: „Es ist vollbracht!"

Sel'ges Wort an Leidens Ende,
Da des Tempels Vorhang reißt:
„Vater! nun in deine Hände
Ich befehle meinen Geist!"

Solche Rosen will ich brechen,
Solches Grüßen grüße mich,
Bis in reinen Thränenbächen
Meine Bande lösen sich.

Trost und Macht der sieben Worte!
Da mein Gott euch sterbend spricht,
Thut sich auf des Himmels Pforte
Und des Abgrunds Fessel bricht.

Hoch aufatmet alles Sehnen,
Auf zum Himmel schwebt der Zug
Der Erlösten, hell gleich Schwänen.
Herr, wär' ich doch rein zum Flug!

Am Karsamstag 1818.

Warum er mich verlassen,
Mußt' ich zum Vater schrein,
Und du willst dich nicht fassen,
Willst niemals einsam sein?
Siehst du denn nicht die Kerzen
An meinem Grabe hier,
Was suchst du mich von Herzen
Und weinest vor der Thür?

Tritt ein, du wirst mich finden,
So weit dein Glaube reicht,
Bekenne deine Sünden,
So wird dein Hoffen leicht.
Und wollen deine Augen
Mich liebend dann nicht sehn,
Soll dir der Glaube taugen,
Blind zu dem Tisch zu gehn.

Das ist die rechte Liebe,
Die alles Dunkels lacht,
Die die vorwitz'gen Triebe
Gehorsam glaubend macht.
Dann werden alle Sinnen
In meinem Hiersein neu,
Dann denkt man nicht von hinnen,
Auf daß man heilig sei;

Will Glauben, Lieben, Loben
Und Hoffen noch verstehn,
So wollen sie nach oben
Vorbei beim Heiland gehn.
Du brauchst nicht so zu schreien,
Die Thüre schließ' ich nicht,
Wenn tausend Teufel dräuen,
Sie löschen mir kein Licht.

Wer will dich mir begraben!
Die Braut, der ich vermählt,
Mit der kannst du mich haben,
Hast du mich recht erwählt.
Die Kirche, die sie schmähen,
Sie ist die Mutter dein,
Sie lehrt dich auferstehen,
Sie lehrt dich selig sein.

Im Wetter auf der Heimfahrt.

(Berlin. Herbſt 1817.)

———

O du lieber wilder Regen,
O du lieber Sturm der Nacht,
Da der Finſternīß entgegen
Ich mein Licht nach Haus gebracht.

Sturm! du warſt ein Bild des Lebens,
Licht! du warſt der Liebe Bild,
Das im Drang des Widerſtrebens
Leuchtet unter Jeſu Schild.

Doch ich bebe, zieht ſo brauſend
Spät der Sturm mir noch durchs Haar,
Treibt das welke Laub mir ſauſend
Nach im Kreis um den Altar.

Gleich ich doch dem armen Schwimmer,
Der zum teuren Ziele ringt,
Den, verführt von falſchem Schimmer,
Bald das wilde Meer verſchlingt.

Alles hab' ich sinken lassen,
Sinken alle Lust der Welt,
Eines treu ans Herz zu fassen,
Was mich über Meer erhält.

Eine Gott gefallne Blüte
Trägt und hebt mein brennend Herz,
Treib, o Woge, die verglühte
Asche endlich heimatwärts.

O, ertränk mich, wilder Regen,
Schleudre mich, du Sturm der Nacht,
Einem scharfen Fels entgegen,
Daß mein schwerer Traum erwacht.

Wind und Wasser um mich zanken,
Auf den Bahnen wankt das Licht,
Schwarze Wolken der Gedanken
Stürzen vor das Weltgericht.

Soll ich fliehen, soll ich bleiben?
O, unnennbar liebes Gut!
Wolle mich zum Ziele treiben,
Wo die ganze Hoffnung ruht.

Alles, was im Sturm zu schiffen
Einst mein banger Arm umfaßt,
Treibt um mich, der selbst ergriffen,
Schwebt ohn' Steuer und ohn' Mast.

4*

Eines ist mir nur geblieben,
Eines, das ich nie verlor,
Ein unsterblich treues Lieben
Reißt mich überm Meer empor.

Immergrüne Dornenkrone,
Die die Rosen seelwärts flicht,
Daß der Leib aufschreit: O schone!
Und der Geist in Wonne bricht.

Ja, ich trag dich dicht am Herzen,
Du zerreißest mir die Brust,
Doch die Nesselglut der Schmerzen
Deckt mir eine heil'ge Lust.

Selig, gehst du treu zur Seiten,
Schweb' ich durch die Wetternacht,
Ist es doch ein süßes Leiden,
Wenn die fromme Lippe lacht.

O, unnennbar lebend Sterben,
Himmelsbrot in Erdennot!
Lachen in uns selbst die Erben,
Macht der Tod die Wangen rot!

Tagsanbruch im Augenbrechen,
Glüh'nden Durst machst du zum Trank,
Dornen blühn, wenn Rosen stechen,
Erdenheil ist himmelskrank!

Wer bist du? mit müden Händen
Fasset dich mein letzter Traum,
Als die Nacht sich wollte wenden,
Tratst du hell ihr auf den Saum.

Lichtes Sprosse, — Himmelsleiter,
Engel, steig allein nicht auf,
Öffne doch die Thüre weiter,
Treibe meinen müden Lauf.

O, süß Kind, Geliebte, Schwester,
Schatten, Leben, Leid und Lust,
Alle Vögel haben Nester,
Und mein Herz hat eine Brust.

An der Thüre angekommen,
Sprachst du mir ein freundlich Wort,
Hätt'st mich gerne aufgenommen,
Doch mein Richter trieb mich fort.

Kann ich einst zu ruhn verdienen
Mit dir unter einem Dach,
Summen über uns die Bienen
Auferstehungsblumen wach.

Blumenaug' im Morgengrauen,
Traumberauscht von Thränentau,
Wirst du nach dem Bruder schauen,
Perlenwiegend auf der Au.

Wirst süß duftend nicken, blicken,
Flüstern zu des Gärtners Hand,
Sollst den Armen mit mir pflücken,
Hab' zum Tod ihn treu erkannt.

Ja, wenn ich erst kann verdienen
Unter deinem Dach zu ruhn,
Ist der Morgen schon erschienen;
Andres bleibt mir noch zu thun.

Muß noch einsam ringend steuern
Durch die wilde Wetternacht,
Bis zu allen Fegefeuern
Mir dein Flügel Kühlung facht.

O zu selig, daß ich Armer
Stehe in so edler Pein,
Daß ich ewig den Erbarmer
Seh' in des Gerichtes Schein.

Und so bin durch Wind und Wogen
Ich, wie ein verlornes Kind,
Durch die Blumen hingezogen,
Daß ich dir ein Sträußlein bind'.

Und der Strauß, den ich gepflücket,
Ist dies sturmverwirrte Lied,
Würd' er an dein Herz gedrücket,
Dann wär' er dem Herrn erblüht.

Ich kann nicht anders singen.

Die Erde war gestorben,
Ich lebte ganz allein,
Die Sonne war verdorben,
Zwei Augen gaben Schein.

Da bot sie mir zu trinken
Und blickte mich nicht an,
Sie ließ die Augen sinken,
Es war um mich gethan.

Reg, Frühling, nun die Schwingen,
Sehn nur, du Erde, dich,
Ich kann nicht anders singen,
Als: Jesus, schau auf mich!

Herr, Gott, du sollst gelobet sein!

(1838.)

Kein Tierlein ist auf Erden
Dir, lieber Gott, zu klein,
Du ließst sie alle werden,
Und alle sind sie dein.
    Zu dir, zu dir
    Ruft Mensch und Tier;
    Der Vogel dir singt,
    Das Fischlein dir springt,
    Die Biene dir brummt,
    Der Käfer dir summt,
    Auch pfeifet dir das Mäuslein klein:
    „Herr, Gott, du sollst gelobet sein!"

Das Vöglein in den Lüften
Singt dir aus voller Brust,
Die Schlange in den Klüften
Zischt dir in Lebenslust.
    Zu dir, zu dir &c.

Die Fischlein, die da schwimmen,
Sind, Herr, vor dir nicht stumm,
Du hörest ihre Stimmen,
Vor dir kommt keines um.

  Zu dir, zu dir
  Ruft Mensch und Tier:
  Der Vogel dir singt,
  Das Fischlein dir springt,
  Die Biene dir brummt,
  Der Käfer dir summt,
  Auch pfeifet dir das Mäuslein klein:
  „Herr, Gott, du sollst gelobet sein!"

Vor dir tanzt in der Sonne
Der kleinen Mücken Schwarm,
Zum Dank für Lebenswonne
Ist keins zu klein und arm.

  Zu dir, zu dir 2c.

Sonn', Mond gehn auf und unter
In deinem Gnadenreich,
Und alle deine Wunder
Sind sich an Größe gleich.

  Zu dir, zu dir 2c.

Zu dir muß jedes ringen,
Wenn es in Nöten schwebt,
Nur du kannst Hilfe bringen,
Durch den das Ganze lebt.

  Zu dir, zu dir 2c.

In starker Hand die Erde
Trägst du mit Mann und Maus,
Es ruft dein Odem: „Werde!"
Und bläst das Lichtlein aus.
 Zu dir, zu dir
 Ruft Mensch und Tier;
 Der Vogel dir singt,
 Das Fischlein dir springt,
 Die Biene dir brummt,
 Der Käfer dir summt,
 Auch pfeifet dir das Mäuslein klein:
 „Herr, Gott, du sollst gelobet sein!"

Kein Sperling fällt vom Dache
Ohn' dich, vom Haupt kein Haar,
O teurer Vater, wache
Bei uns in der Gefahr!
 Zu dir, zu dir
 Ruft Mensch und Tier;
 Der Vogel dir singt,
 Das Fischlein dir springt,
 Die Biene dir brummt,
 Der Käfer dir summt,
 Auch pfeifet dir das Mäuslein klein:
 „Herr, Gott, du sollst gelobet sein!"

Hör, liebe Seel'! wer rufet dir?

(1818.)

Hör, liebe Seel'! wer rufet dir?
Dein Jesus aus der Höhe:
„Komm, meine Taube, komm zu mir!"
Den Ruf ich wohl verstehe.

Wenn ich soll deine Taube sein,
Mußt du mir Flügel geben,
Die wasch' in deinem Blut ich rein
Und werde glaubend schweben.

Du rufest mir! Wie arm ich bin,
Darf ich zu dir doch kommen,
Die Mängel hat dein treuer Sinn
Ja all von mir genommen.

Sag, Herr, wird auch ein Nestlein fein
Für mich bei dir gefunden?
„Ja, meine Taube, komm herein,
Wohn hier in meinen Wunden."

Mein Jesu, ach, was willst du mir
In deinen Wunden geben?
„Durch meine Wunden, sag' ich dir,
Fliegst sterbend du zum Leben."

Wohlan, es zielt des Todes Pfeil,
Er wird mich nicht verderben,
Zu deinen Wunden, Herr, ich eil',
Da werd ichs Leben erben.

Der Abend.

(1838.)

Wie so leis' die Blätter wehn,
In dem lieben, stillen Hain,
Sonne will schon schlafen gehn,
Läßt ihr goldnes Hemdelein
Sinken auf dem grünen Rasen,
Wo die schlanken Hirsche grasen
In dem roten Abendschein.

In der Quellen klarer Flut
Treibt kein Fischlein mehr sein Spiel,
Jedes suchet, wo es ruht,
Sein gewöhnlich Ort und Ziel
Und entschlummert überm Lauschen,
Auf der Wellen leises Rauschen,
Zwischen bunten Kieseln kühl.

Schlank schaut auf der Felsenwand
Sich die Glockenblume um;
Denn verspätet über Land
Will ein Bienchen mit Gesumm
Sich zur Nachtherberge melden
In den blauen, zarten Zelten,
Schlüpft hinein und wird ganz stumm.

Böglein, euer schwaches Nest,
Ist das Abendlied vollbracht,
Wird wie eine Burg so fest;
Fromme Böglein schützt zur Nacht
Gegen Katz= und Marderkrallen,
Die im Schlaf sie überfallen,
Gott, der über alle wacht!

Treuer Gott, du bist nicht weit,
Dir vertraun wir ohne Harm
In der wilden Einsamkeit,
Wie in Hofes eitelm Schwarm.
Du wirst uns die Hütte bauen,
Daß wir fromm und voll Vertrauen
Sicher ruhn in deinem Arm.

Ostermorgen.
(183 . . .)

—

Weil meine Lieb' zum Grab gegangen
Und in den starren Blick gesehn
Und an dem stummen Mund gehangen,
Muß neu mein Schmerz heut' auferstehn.

Im Osten hat mir trüb getaget
Das freudige, das neue Licht;
Die lange Nacht lag ich verzaget,
Dein Abschiedswort verstand ich nicht.

Ein Wehelaut, du Herz der Güte,
Zwei Augen, die mich angeschaut,
Doch was drin flehte, was drin glühte,
Das ward mir Armem nicht vertraut.

Du fühltest, wie so krank ich scheide,
Du edles, mitleidtrunknes Herz,
Und gabst erbarmend zum Geleite
Den Ton, den Blick, den eignen Schmerz.

Den Blick sah ich wohl vor mir stehen
Die lange bang durchweinte Nacht,
Bis ich durch deines Wehlauts Flehen
Aus scheuem Schlummer früh erwacht.

Da ist dein Schmerz mich wecken kommen,
Er legte mir aufs Herz die Hand
Und sprach, du krankes Herz, willkommen,
Weil heut' der Heiland auferstand!

Willkomm, o Schmerz, so sprach ich wieder,
Mein Herz ist schwer, das Grab ist leer,
Und heiße Thränen sandt' ich nieder,
Daß Tau auch in dem Garten wär'.

Du zeihtest mich, daß viele Freuden
Mit andern ich nicht teilen kann,
So gieb mir Leiden, Leiden, Leiden,
So nimm mein Herz zum Mitleid an!

Die Thränen, die so stürzend fließen,
Sind nicht auf Felsen aufgesät,
Ich weiß, daß Blumen daraus sprießen,
Und daß mein Lieben aufersteht.

Ja, aufersteht, mit allen Wunden,
Nach langen Qualen lichtverklärt,
Wenn alles wieder ist verbunden,
Was zu dem Leib des Herrn gehört.

Jetzt da ich hin zum Garten irre
Und in die Felsenthale seh',
Da sproßt mein Schmerz wie bittre Myrrhe,
Da wird mein Herz wie Aloe.

Blind tapp' ich an den Felsenwänden
Und streue auf dem Grabe aus,
Den ich empfing aus lieben Händen,
Der Schmerzen vollen Blumenstrauß.

Komm mit, komm mit, schenk eine Thräne,
Den Ton, den Blick, zur Spezerei;
Und grüße mit der Magdalene
Den Herrn durch einen Jubelschrei.
Alleluja!

Kennst du das Land?

O, wär' ich dieser Welt doch los,
Los von den vielen Dingen,
Und säß in kühlem Felsenschoß,
Zu schweigen oder singen.
Oder was es soll sein,
Du mußt es vollbringen,
Du kannst es allein.

Ich schaudre bei dem bunten Kram
Von Anstand und von Lügen,
Ich muß die Wahrheit und die Scham
Mit Schicklichkeit betrügen.
Ja lügen und trügen;
Der Tag bricht doch an,
Mit zürnenden Zügen
Blickt Wahrheit mich an.

O, Herr, brich doch mein trotzig Herz,
Brich es mit harten Schlägen,
Scheid aus in Glut das trübe Herz,
Dein Bild ins Gold zu prägen.
Ja prägen und wägen
Dein Kreuz und dein Bild,
Zum Himmel ein Segen,
Vor Hölle ein Schild.

Nimm doch den Zweifel ganz von mir;
Laß mich doch ganz vertrauen,
Und strafe meine Neubegier,
Soviel umher zu schauen.
Ja Schaun und Begehren
Sind nahe verwandt;
Den Fingern zu wehren,
Nimm ganz meine Hand.

Ist's wahr, o Herr, warst du mir nah,
Warum willst du denn scheiden?
Umfing mich Leid, als ich dich sah,
O, Herr, so gieb mir Leiden!
Ja leiden und meiden,
Wer möchte das nicht,
Wenn Jesus zu beiden:
„Ich liebe dich!" spricht.

Was in mir aus der Schlangenbrut
Versuchend liegt gefangen,
Herr, tilg mit deinem Fleisch und Blut
Dies Drängen, Sehnen, Bangen!
Ja Bangen und Verlangen
Nach Früchten des Leibs;
Aufs Haupt tritt den Schlangen
Du Samen des Weibs!

Mir ist nach meiner Sünden Zahl
Wohl manches Kreuz vonnöten,
Für jede böse Lust gieb Qual,
Sie kräftig zu ertöten.
Ja töten und quälen;
Wenn's Herz übrig blieb,
Soll dir es erzählen,
Wie sehr ich dich lieb'!

Weil Qual um Qual und Pein um Pein
Du auch für mich gelitten,
So will ich auch das Leiden mein
Recht nach und nach erbitten.
Ja bitten und ringen
Um Not und um Not,
Und beten und singen
Und tragen zum Tod.

Herr, laß mich Waise nicht getrennt,
Sieh, wie die Schuld mich peinigt,
Gieb, daß das heil'ge Sakrament
Der Buße ganz mich reinigt.
Ja reinigt und einigt
Dem Kirchenbrautleib,
Auf daß. ich vereinigt
Dir ewig verbleib'.

O Herr, mein Gott, vollende doch,
O laß mich's doch erleben,
Häng tausend Leiden an mein Joch,
Doch will ich zu dir schweben!
Ja schweben und ringen!
Auf Flügeln der Not,
Auf schmerzenden Schwingen
Zum seligen Tod!

Dann weiß ich schon — ich kenne dich —
Dann wirst du mich nicht lassen,
Dein Engel wird noch treuer mich,
Als ich dich, liebend fassen.
Ja fassen und tragen
Zum Vater und Geist,
Zu dir, dich zu fragen,
Was alles du seist?

Ach, Engel! und dann bitt' ich dich,
Laß mich die Mutter schauen,
Die also rein und jungfräulich
Des Herren Leib durft' bauen.
Ja bauen und pflegen
Und säugen das Heil,
Den himmlischen Segen,
Der mir ward zu teil!

In ihrem milden Augenstrahl
Da fließen süße Bronnen,
Da will von aller Erdenqual
Ich laben mich und sonnen.
Ja sonnen und laben
Und beten dazu,
Wie's Jesus will haben
In ewiger Ruh'!

Erntelied.

(Nach einem alten Volksliebe.)

———

Es ist ein Schnitter, der heißt Tod,
Er mäht das Korn, wenn's Gott gebot;
Schon wetzt er die Sense,
Daß schneidend sie glänze;
Bald wird er dich schneiden,
Du mußt es nur leiden;
Mußt in den Erntekranz hinein.
Hüte dich, schönes Blümelein!

Was heut' noch frisch und blühend steht,
Wird morgen schon hinweg gemäht;
Ihr edlen Narcissen,
Ihr süßen Melissen,
Ihr sehnenden Winden,
Ihr Leid=Hyacinthen,
Müßt in den Erntekranz hinein.
Hüte dich, schönes Blümelein!

Viel Hunderttausend ohne Zahl,
Ihr sinket durch der Sense Stahl;
Weh Rosen, weh Lilien,
Weh krause Basilien!
Selbst auch Kaiserkronen
Wird er nicht verschonen;
Ihr müßt zum Erntekranz hinein.
Hüte dich, schönes Blümelein!

Du farbentrunkner Tulpenflor,
Du tausendschöner Floramor,
Ihr Blutes-Verwandten,
Ihr Glut-Amaranthen,
Ihr Veilchen, ihr stillen,
Ihr frommen Camillen,
Müßt in den Erntekranz hinein.
Hüte dich, schönes Blümelein!

Des Frühlings Schatz und Waffensaal,
Ihr Kronen, Scepter ohne Zahl,
Ihr Schwerter und Pfeile,
Ihr Speere und Keile,
Ihr Helme und Fahnen
Unzähliger Ahnen,
Müßt in den Erntekranz hinein.
Hüte dich, schönes Blümelein!

Des Maies Brautschmuck auf der Au,
Ihr Kränzlein reich vom Perlentau,
Ihr Herzen umschlungen,
Ihr Flammen und Zungen,
Ihr Händlein in Schlingen
Von schimmernden Ringen,
Müßt in den Erntekranz hinein.
Hüte dich, schönes Blümelein!

Ihr samtnen Rosen-Miederlein,
Ihr seidnen Lilien-Schleierlein,
Ihr lockenden Glocken,
Ihr Schräubchen und Flocken,
Ihr Träubchen, ihr Becher,
Ihr Häubchen, ihr Fächer,
Müßt in den Erntekranz hinein.
Hüte dich, schönes Blümelein!

Herz, tröste dich, schon kömmt die Zeit,
Die von der Marter dich befreit,
Ihr Schlangen, ihr Drachen,
Ihr Zähne, ihr Rachen,
Ihr Nägel, ihr Kerzen,
Sinnbilder der Schmerzen,
Müßt in den Erntekranz hinein.
Hüte dich, schönes Blümelein!

O, heimlich Weh, halt dich bereit!
Bald nimmt man dir dein Trostgeschmeid'.
Das duftende Sehnen
Der Kelche, voll Thränen,
Das hoffende Ranken
Der kranken Gedanken
Muß in den Erntekranz hinein.
Hüte dich, schönes Blümelein!

Ihr Bienlein ziehet aus dem Feld,
Man bricht euch ab das Honigzelt,
Die Bronnen der Wonnen,
Die Augen, die Sonnen,
Der Erdsterne Wunder,
Sie sinken jetzt unter,
All in den Erntekranz hinein.
Hüte dich, schönes Blümelein!

O Stern und Blume, Geist und Kleid,
Lieb', Leid und Zeit und Ewigkeit!
Den Kranz helft mir winden,
Die Garbe helft binden,
Kein Blümlein darf fehlen,
Jed' Körnlein wird zählen
Der Herr auf seiner Tenne rein.
Hüte dich, schönes Blümelein!

Schwanenlied.

Wenn die Augen brechen,
Wenn die Lippen nicht mehr sprechen,
Wenn das pochende Herz sich stillet,
Und der warme Blutstrom nicht mehr quillet:
O, dann sinkt der Traum zum Spiegel nieder,
Und ich hör' der Engel Lieder wieder,
Die das Leben mir vorübertrugen,
Die so selig mit den Flügeln schlugen
Ans Geläut der keuschen Maies-Glocken,
Daß sie all die Vöglein in den Tempel locken,
Die so süße, wild entbrannte Psalmen sangen:
Daß die Liebe und die Lust so brünstig rangen,
Bis das Leben war gefangen und empfangen;
Bis die Blumen blühten;
Bis die Früchte glühten
Und gereift zum Schoß der Erde fielen,
Rund und bunt zum Spielen;

Bis die goldnen Blätter an der Erde rauschten
Und die Wintersterne sinnend lauschten,
Wo der stürmende Sämann hin sie säet,
Daß ein neuer Frühling schön erstehet.
Stille wird's, es glänzt der Schnee am Hügel,
Und ich kühl' im Silberreif den schwülen Flügel,
Möcht' ihn hin nach neuem Frühling zücken,
Da erstarret mich ein kalt Entzücken —
Es erfriert mein Herz, ein See voll Wonne,
Auf ihm gleitet still der Mond und sanft die Sonne,
Unter den singenden, denkenden, klugen Sternen
Schau' ich mein Sternbild an in Himmelsfernen;
Alle Leiden und Freuden, alle Schmerzen scherzen,
Und das ganze Leben singt aus meinem Herzen:
Süßer Tod, süßer Tod
Zwischen dem Morgen= und Abendrot!

Variationen über ein bekanntes Thema.

Singet leise, leise, leise,
Singt ein flüsternd Wiegenlied,
Von dem Monde lernt die Weise,
Der so still am Himmel zieht.

Singt ein Lied so süß gelinde,
Wie die Quellen auf den Kieseln,
Wie die Bienen um die Linde
Summen, murmeln, flüstern, rieseln.

Herzeleid.

„Wer nie sein Brot in Thränen aß,
Wer nie die kummervollen Nächte
Weinend auf seinem Bette saß,
Der kennt euch nicht, ihr himmlischen Mächte!"

Wer einsam nie am Strome ging,
Wer nie wie die trauernde Weide
Sein Haupt zum Spiegel niederhing,
Der weiß noch nichts vom schweren Herzenleide!

Chor: „Sieh! wie wandelt der Mond so helle,
      Horch! wie eilet die Quelle so schnelle,
      Summ, summ, summ,
      Kein Tröpflein kommt um!"

Liebesleid.

Wer vor dem Fels die Hände ringt
Und eines Hirten Liebe fluchet,
Vom Brunn des Mondes nicht mehr trinkt,
Den hat das bittre Elend heimgesuchet!

Wer keine Blume brechen mag,
Sie lieber mitleiblos vernichtet
Mit seines Pilgerstabes Schlag,
Den hat der Liebe Leid wohl hingerichtet!

Chor: „Sieh! wie schlummern die Blumen so leise,
      Horch auf der Nachtigall klagende Weise,
      Summ, summ, summ,
      Der Schmerz geht herum!"

Liebeseid.

Wer glaubet, daß der Treue Schwur,
Den leicht die Lippe spricht in trunknen Stunden,
Ein leerer Schall des Rausches nur,
Des Ehre ist an einer Frauen Haar gebunden!

Und wer die Götter lachen hört,
Als er den Liebesmeineid ausgesprochen,
Von dem hat sich der gute Geist gekehrt,
Sein Herz wird mit dem Glückesrad gebrochen!

Chor: „Sieh! wie das Auge der Eule glüht,
     Horch! wie die Fledermaus rauschend zieht,
     Summ, summ, summ,
     Der Meineid geht um!"

Liebesneid.

Wer Steine wirft ins grüne Haus,
Wo treue Turteltauben girren,
Und falsche Lichter stellet aus,
Den Schwimmer auf der Liebesfahrt zu irren;

Wer in dem Taue auf der Flur,
Um einer Hirtin Tugend anzuschwärzen,
Verrät der treuen Liebe Spur,
Der nährt den Wurm des Neids in bösem Herzen!

Chor: „Sieh! wie ringelt zwischen Blumen die
                           Schlange,
     Horch! wie seufzet die Nachtigall bange,
     Summ, summ, summ,
     Der Neid geht herum!"

Reue und Leid.

Wer vor der Sünden Strafe bebt
Und nicht vor ihrem innern Tod erschrecket,
Noch fremde Schuld in seine webt,
In dem ist noch die Buße nicht erwecket!

Wer seine Zeit und die Gebrechlichkeit
In seiner eignen Schuld wagt anzuklagen,
Dem hat die Reue und das bittere Leid
Noch nicht so recht ans kranke Herz geschlagen!

Chor: „Horch! wie der Wurm im Holze dort naget,
Horch! wie die Weid' im Teiche klaget,
Summ, summ, summ,
Die Reue geht um!"

Mildigkeit.

Wer nie der Vöglein Brut gestört,
Wer auf der Schwalbe frühen Morgensegen
Mit süß erquickter Seele hört,
Der geht der Armut mildreich auch entgegen!

Wer die zerknickte Ähre gerne hebt
Und gern die Mücke aus dem Netz befreite,
Der Spinne schonend, die es sinnreich webt,
Des Herz ist voll von göttlichem Mitleide.

Chor: „Sieh! an den Dorn hängt das Lamm die Wolle,
Daß sich das Vöglein weich betten solle,
Summ, summ, summ,
Das Mitleid geht um!"

Liebesfreud'.

Wer lachend früh die Sonne grüßt
Und heiter an den Mittag blicket
Und fromm im Abendsterne liest,
Zufrieden, wie die Nacht ihr Haus beschicket

Der wird auch froh in Liebesaugen sehen
Und greifen in das falsche Rad dem Glücke,
Es muß vor seinem Frieden stille stehen,
Daß Liebesfreude gründlich ihn entzücke!

Chor: „Sieh! wie lächelt gen Morgen die Ferne,
Horch! wie grüßet die Lerche die Sterne,
Tireli, Tireli, -
Liebesfreud' und Lust ist hie!"

Wiegenlied.

Da droben auf dem Turme
Da wehet der Wind,
Da wieget im Sturme
Der Adler sein Kind.

Hier unten im Turme
Hier wehet kein Wind,
Hier betet die Mutter
Und wieget ihr Kind
Und hat von der Wiege
Zur Krippe ein Band
Von Glaube und Hoffnung
Und Liebe gespannt.

Weit über die Meere
Die Sehnsucht sich spinnt,
Dort sitzet Maria
Und wieget ihr Kind,
Die Engel, die Hirten,
Drei König und Stern,
Und Öchslein und Es'lein
Erkennen den Herrn.

Wohl über dem Monde
Und Wolken und Wind
Mit Scepter und Krone
Steht Jungfrau und Kind.
Hier unten ward's Kindlein
Am Kreuz ausgespannt,
Dort oben wiegt's Himmel
Und Erd' auf der Hand.

Komm mit! laß uns fliegen
Zu Maria geschwind,
Komm mit! und lern biegen
Dein Knie vor dem Kind,
Komm mit! schnür dein Bündlein,
Schon führet die Hand
Maria dem Kindlein,
Es segnet das Land.

Es ist keiner je allein.

Es ist keiner je allein,
Wär' auch Erd' und Himmel Stein,
Schien kein Mond, kein Sternenschein,
Grüßte auch kein Lüftelein,
Sänge auch kein Vögelein:
Kehrt in jedem Herzen rein
Doch der liebe Gott stets ein.

Niemand kann zwei Herren dienen.

Niemand kann zwei Herren dienen,
Gleich der eine uns mißfällt,
Wenn der andre lieb erschienen;
Wer Gott dient, dient nicht dem Geld.

Sorg nicht, wer wird Speise geben,
Wer hält mir ein Kleid bereit?
Mehr als Speise ja ist Leben,
Mehr als Kleid ja ist der Leib.

Sieh, des Himmels Böglein säen,
Ernten nicht, Gott sie ernährt,
Wird auf eure Not auch sehen,
Ihr seid mehr als sie ja wert.

Wer mit allem Sorgen, Sinnen
Wächst auch eine Elle nur?
Seht die Lilien, die nicht spinnen,
Die nicht weben, auf der Flur.

Salomo, voll Herrlichleiten,
Trug fein Kleid von solcher Zier,
Speis' und Kleid ist Sorg' der Heiden,
Mehr seid ja als Blumen ihr.

Das Bedürfnis von euch allen
Kennt der Vater. Gottes Reich
Suchet erst, und sein Gefallen
Giebt euch all das andre gleich.

Das Waldvögelein.

(Nach einem alten Liede.)

———

Es war ein frommer Ordensmann,
Gar treu in allen Dingen,
Der Mutter Gottes zugethan
Im Beten und im Singen.
In aller Rede fort und fort
War stets sein erst und letztes Wort:
„Gegrüßt seist du, Maria!"

Gar lieb war ihm ein Vögelein,
Das jüngst ihm zugeflogen,
Und er im kleinen Körbelein
Gelehrt und auferzogen.
Und lieblich sang es früh und spat,
Wie es von ihm gehöret hat:
„Gegrüßt seist du, Maria!"

Nun war das kleine Körbelein
Baufällig und zerbrochen,
Da ist das kluge Vögelein
Zuletzt herausgekrochen;
Und als es in die Freiheit kam,
Fing fröhlich es zu singen an:
„Gegrüßt seist du, Maria!"

Der fromme Mann dem Vögelein
Ist lange nachgegangen
Und hielt ihm dar das Körbelein,
Es wieder einzufangen;
Doch dies von Baum zu Baum sich schwang
Und immer fort sein Liedlein sang:
„Gegrüßt seist du, Maria!"

Das Vöglein einst auf dürrem Zweig
Sich wollt' sein Nestlein bauen,
Da stürzt auf es ein Geier gleich,
Trug's fort in seinen Klauen;
Da schrie das kleine Vögelein
Wohl in den höchsten Nöten sein:
„Gegrüßt seist du, Maria!"

Da kam ein Blitz in höchster Not
Aus hellem Himmel nieder
Und schlug den bösen Geier tot,
Frei flog das Vöglein wieder.
Und zu Mariä Ehren sang
Das Vöglein mit noch hellerm Klang:
„Gegrüßt seist du, Maria!"

Der fromme Mann im Garten stand,
Sah zu mit Angst und Bangen,
Frisch und gesund ihm auf die Hand
Flogs Vöglein, ließ sich fangen.
Heim trug er's in dem Körbelein
Und sang mit seinem Vögelein:
„Gegrüßt seist du, Maria!"

Hat nun, o liebste Mutter mein,
Bei dir so viel erworben
Ein unvernünftig Vögelein,
Daß es nicht bös gestorben:
Wirst du mich auch verlassen nicht,
Der dich verehrt und herzlich spricht:
„Gegrüßt seist du, Maria!"

So will ich, liebste Mutter rein,
Dich grüßen mit Vertrauen,
Daß du mich allen Feinden mein
Mögst reißen aus den Klauen.
So sing' ich dir im Thränenthal
Noch hundertmal und tausendmal:
„Gegrüßt seist du, Maria!"

Die Gottesmauer.

(1815.)

Draus bei Schleswig an der Pforte
Wohnen armer Leute viel,
Ach, des Feindes wilder Horde
Werden sie das erste Ziel.
Waffenstillstand ist gekündet,
Dänen ziehen ab zur Nacht,
Russen, Schweden sind verbündet,
Brechen her mit wilder Macht.
Draus bei Schleswig, weit vor allen,
Steht ein Häuslein ausgesetzt.

Draus bei Schleswig in der Hütte
Singt ein frommes Mütterlein:
„Herr, in deinen Schoß ich schütte
Alle meine Angst und Pein.“
Doch ihr Enkel, ohn' Vertrauen,
Zwanzigjährig, neuster Zeit,
Will nicht auf den Herren bauen,
Meint, der liebe Gott wohnt weit.
Draus bei Schleswig in der Hütte
Singt ein frommes Mütterlein.

„Eine Mauer um uns baue,“
Singt das fromme Mütterlein,
„Daß dem Feinde vor uns graue,
Hüll in deine Burg uns ein.“
„Mutter,“ spricht der Weltgesinnte,
„Eine Mauer uns ums Haus
Kriegt unmöglich so geschwinde
Euer lieber Gott heraus.“
„Eine Mauer um uns baue,“
Singt das fromme Mütterlein.

„Enkel, fest ist mein Vertrauen,
Wenn's dem lieben Gott gefällt,
Kann er uns die Mauer bauen,
Was er will, ist wohl bestellt.“
Trommeln rombidom rings prasseln,
Die Trompeten schmettern drein,
Rosse wiehern, Wagen rasseln,
Ach, nun bricht der Feind herein.
„Eine Mauer um uns baue,“
Singt das fromme Mütterlein.

Rings in alle Hütten brechen
Schwed' und Russe mit Geschrei,
Lärmen, fluchen, drängen, zechen,
Doch dies Haus ziehn sie vorbei.

Und der Enkel spricht in Sorgen:
„Mutter, uns verrät das Lied."
Aber sieh, das Heer vom Morgen
Bis zur Nacht vorüber zieht.
„Eine Mauer um uns baue,"
Singt das fromme Mütterlein.

Und am Abend tobt der Winter,
An das Fenster stürmt der Nord,
„Schließt den Laden, liebe Kinder!"
Spricht die Alte und singt fort.
Aber mit den Flocken fliegen
Vier Kosakenpulke an,
Rings in allen Hütten liegen
Sechzig, auch wohl achtzig Mann.
„Eine Mauer um uns baue,"
Singt das fromme Mütterlein.

Bange Nacht voll Kriegsgetöse,
Wie es wiehert, brüllet, schwirrt,
Kantschuhiebe, Kolbenstöße,
Weh! des Nachbarn Fenster klirrt.
Hurra, Stupai, Boschka, Kurwa,
Schnaps und Branntwein, Rum und Rack,
Schreit und flucht und plackt die Turba,
Erst am Morgen zieht der Pack.
„Eine Mauer um uns baue,"
Singt das fromme Mütterlein.

„Eine Mauer um uns baue,“
Singt sie fort die ganze Nacht;
Morgens wird es still: „O schaue,
Enkel, was der Nachbar macht.“
Auf nach innen geht die Thüre,
Nimmer käm' er sonst hinaus;
Daß er Gottes Allmacht spüre,
Lag der Schnee wohl mannshoch draus.
„Eine Mauer um uns baue,“
Sang das fromme Mütterlein.

„Ja, der Herr kann Mauern bauen,
Liebe, fromme Mutter, komm,
Gottes Mauer anzuschauen!“
Rief der Enkel und ward fromm.
Achtzehn hundert vierzehn war es,
Als der Herr die Mauer baut',
In der fünften Nacht des Jahres.
Selig, wer dem Herrn vertraut!
„Eine Mauer um uns baue,“
Sang das fromme Mütterlein.

Lied von den heiligen fünf Wunden.
(Berlin. 1818.)

———

„O, Trost in letzten Stunden,
Ihr heiligen fünf Wunden,
Die Mutter laßt gesunden,
Von euch ja kommt das Heil!"
So fleht der Kinder Jammer,
Da naht der Schmerzenkammer
Der Tod mit seinem Pfeil.

Es mahnt der Schrei der Eule,
Es kracht des Hauses Säule,
Ein klagendes Geheule
Erhebt der treue Hund.
Da fleht die Mutter leise:
„O Herr, zur dunklen Reise
Sehnt mich's nach heil'ger Speise
Aus deinem Gnadenbund."

Da kam der Arzt gegangen,
Die Kinder flehn mit Bangen
Und jammerndem Verlangen:
„O Herr, brich unſre Not!"
Er ſah mit Thränenbächen
Der Mutter Augen brechen
Und wagt' nicht, auszuſprechen:
„Gott helf', ich ſeh' den Tod!"

Da hat er Rat gefunden,
Er ſah des Heilands Wunden,
Den Troſt in letzten Stunden,
Gemalet an der Wand.
Dahin den Blick erhoben,
Zeigt ruhig er nach oben
Und ſpricht: „Die Hand da droben,
Die hilft, die Gotteshand.

„Ich ſelbſt kann hier nichts geben,
Den Wein ſucht bei den Reben,
Das Leben bei dem Leben,
In Heilands Heilhand Heil.
Zu dieſem Arzte tretet,
Er hilft euch, ſo ihr betet."
Und als er ſo geredet
Verließ er ſie in Eil'.

Und als er so geschieden,
All andre Hilfe mieden
Die Kinder, fromm zufrieden,
Sie folgten seinem Rat.
Denn von dem Trost belebet,
Das Haupt die Mutter hebet
Und spricht: „Ihr Lieben gebet,
Was er geordnet hat."

Es kehrt nach zweien Tagen
Der Arzt mit mildem Zagen,
Den Kindern nachzufragen,
In dieses fromme Haus,
Da hört er Lieder klingen
Und feierlich lobsingen,
Und dachte: „Ach sie bringen
Die Leiche nur heraus."

Sein Herz wollt' Gott da lenken,
Die Waisen zu bedenken,
Den Kleinen will er schenken
Als Vater sich zur Stund'.
Und sah, ins Haus gegangen,
Am Hals der Mutter hangen
Die Kinder, sie lobsangen,
Die Mutter war gesund.

Sie eilten ihm entgegen
Und riefen: „Gottes Segen
Auf allen deinen Wegen
Sei, treuer Arzt, dein Teil.
Du sprachst: „Ich kann nichts geben,
Den Wein sucht bei den Reben,
Das Leben bei dem Leben,
In Heilands Heilhand Heil.

„Den Becher hielt der Glaube,
Die Hoffnung preßt die Traube,
Lieb' warf vom Farbenstaube
Der Heilandshand hinein.
Schau auf nach den fünf Wunden,
Die eine ist verschwunden,
Es trank sie, zu gesunden,
Die Mutter in dem Wein."

Da sah der Arzt das Wunder,
Da ging sein Wissen unter,
Da ward sein Glauben munter,
Er hob das edle Haupt
Und sprach: „In den fünf Wunden
Hab' ich die Kunst gefunden.
Heran, wer will gesunden.
Heil, heilig wird, wer glaubt!"

Zueignung der Legende von der heiligen Marina.

(An den Historienmaler Eduard Steinle in Wien.)

(1839.)

Wie Sankt Marinas heilige Legende
So klar und rein, so ernst jungfräulich schön
Gebildet deiner Kunst unschuld'ge Hände,
Sah manches Aug' gerührt ich eingestehn.

Und als auch mir dein Werk das Herz bezwungen,
Das stumm und hart nur selten Kunst gerührt,
Hab' ich Marinas Lob für dich gesungen,
Der Heil'gen selbst ein höh'res Lied gebührt:

Ein neues Lied, das unter Harfenchören
Dem Lamme Gottes, das auf Sion steht,
Die Jungfrau'n singen und allein nur hören,
Die rein dem Lamm gefolgt, wohin es geht.

7*

Nimm du fürlieb; was Liebe mußte dichten,
Dies Lied von deiner zücht'gen Kunst bewegt,
Sei schüchtern dir — die Liebe kann nicht richten,
Nur dulden, schonen, — an das Herz gelegt.

Doch Ernsteres thut not. — Horch! — Weheklagen!
Die Donau, die das Wiegenlied dir sang,
Droht wild des Eises Fesseln zu zerschlagen;
Ihr Kind, die Not, wehklagt den Strand entlang.

Wir geben ihr das Lied ums Brot zu singen;
Vergelt's Gott! — Horch, zu beten lehrt die Not.
Und wird das Mitleid ihr dein Bild auch bringen,
Geht Bild und Lied vereint wie Kunst nach Brot.

O in der Liebe, welch ein heilend Fügen!
Der glühe Orient giebt dir ein Bild,
Das haucht der Not aus warmen Atemzügen
Ein Schlummerlied ins Donaueisgefild.

Marina! hilf der Donau singen, wiegen,
Sieht sie die Not, ihr ausgesetztes Kind,
Im Schlummer lächelnd dir am Herzen liegen,
Dann bricht das Eis und taut dem Armen lind.

Die heilige Marina.

(1841.)

„Eugenius," sprach der Abt, „warum so trauern?
Es scheint, als sei dein Herz noch in der Welt,
Und ich in diesen heil'gen Klostermauern
Zum Hüter nur für deinen Leib bestellt."

Da seufzt der Mönch: „Zu Haus bei den Verwandten
Ließ ich ein Kind; hat gleich des Weibes Tod
Mich frei gemacht von vielen ird'schen Banden,
Sorg' um des Kindes Heil ich doch mit Not."

Der Abt sprach: „Folge, Sohn, dem treuen Hirten,
Führ her dein Schäflein in den sichern Stall,
Die Lämmer, die aus unsrer Hut verirrten,
Von uns einst fordert sie der Richter all."

Heim eilt der Vater, löst die goldnen Locken
Von seines Mägdleins Haupt; mönchisch verhüllt
Den zarten Leib er, und des Klosters Glocken
Begrüßen fromm getäuscht des Jünglings Bild.

Und gleich der Primel, die gebeugt zur Erde
Den Tau des Himmels trinkt am Felsenrand,
Empfängt nun knie'nd mit kindlicher Gebärde
Marina Segen von des Abtes Hand.

Marina, die nun jenseit heil'ger Schwelle
Marinus heißt, vom Vater treu belehrt,
Wird bald zum Meister in der stillen Zelle
In Schrift und Lesung und was Mönche ehrt.

Wie süß sang sie, das Jesukind zu grüßen:
„Lobsingt, uns ist geschenkt ein Kindelein,
Mein armes Herz liegt dienend ihm zu Füßen,
Denn alle Macht ruht auf den Schultern sein!"

Wie sinnreich schmücket sie zur Kirchenfeier
Die Krippe kinderfroh, wie ernst das Grab,
Wie freudigbunt malt sie die Ostereier
Und windet Blumen um des Abtes Stab.

Zur Wallfahrt zog zu ihr der Herbst, der Winter;
Der Lenz, der Sommer brachten Jahr für Jahr
All ihre Schätze, schmückten wie die Kinder
Fromm mit Marina Kirche und Altar.

Doch als sie selbst in reicher Jugendblüte,
Verhüllet zwar, doch voll von Duft und Glanz,
Mehr Schutz bedurfte, als daß man sie hüte,
Flocht ihrem Vater sie den letzten Kranz,

Und schwur dem Sterbenden in seine Hände
Den Schwur, den seine ernste Lippe sprach:
„Ich schwöre, mein Geheimnis bis zum Ende
Treu zu bewahren ohne alle Schmach.

„Daß nicht die Schlange zum Verrat mich führe
Gleich unsrer Mutter einst im Paradies,
Die, weil sie öffnete dem Tod die Thüre,
Der Engel vor des Gartens Pforte stieß.

„Ja, mein Geheimnis, meinen Kranz, ich schwöre,
Ihn bring’ ich unverletzt dem Bräutigam,
Daß rein mein Lied man in den Chören höre
Der Jungfräulein, lobsingend vor dem Lamm.“

Der Vater segnet sie, sein Geist entfliehet,
Den Leib legt man zur Auferstehung hin,
Und bei des Hügels Trauerblumen kniet
Marina wie ein ernster Rosmarin.

Fortan die Brüder ehrten den Gesellen
Als eines edlen Baumes gute Frucht.
Auswärtige Geschäfte zu bestellen,
Wählt gern der Abt ihn wegen seiner Zucht.

„Marinus! nimm die Geißel, leit' die Rinder
Am Wagen zu dem nahen Meeresport,
Und führ Getreid' uns ein für diesen Winter,
Kehr beim vertrauten Wirte ein am Ort.

„Weil kühn und frei die Tochter dort im Hause,
Hab' acht! mein Sohn, bleib treu des Vaters Zucht,
Verbotne Frucht, umblüht von duft'gem Strauße,
Versuchet leicht, wird leichter noch versucht."

Marina fährt, kehrt mit den Säcken wieder,
Und wiederholt die Fahrt vielfach zum Port,
Gern sitzt sie bei des Wirtes Tochter nieder,
Die höret gern des feinen Mönches Wort.

Marina liebte mehr, zu ihr zu reden,
Als zu den Männern, und mit Engels Huld
Lehrt sie das kühne Mägdlein singen, beten:
„Herr! wie den Schuldnern wir, vergieb uns Schuld!"

Doch eh' sie bat: „Nicht in Versuchung führe,
O Herr, uns," führt ein Kriegesmann zum Tanz
Die Schülerin, und vor des Wirtes Thüre
Hängt bald ein Strohkranz bei des Weines Kranz.

Die Dirnen streuten Häckerling, es wütet
Der Vater: „Mache mir den Mann bekannt!"
Die Tochter lügt: „Wie schlecht war ich gehütet!
Mich hat der Mönch Marinus übermannt."

Dann folgt die Elende mit ihrer Bürde
Dem Vater zu dem Abte hin und schwor,
Daß sie den Kranz, das Kloster seine Würde
Durch des Marinus Büberei verlor.

Da wird die Schuld der Unschuld laut verkündigt,
Marina denkt an ihrer Jugend Schwur
Und spricht: „O, Abt! wie schwer ich hab' gesündigt,
So schwer verhänge mir die Buße nur."

Der Abt nun sprach die strengen Richterworte:
„Ihr Brüder reiniget des Herren Haus
Und treibet vor des Paradieses Pforte
Den Sünder in die Wüste jetzt hinaus.

„In Schmerzen soll das Weib sein Kind gebären
Und er das Elend bau'nd in Gottes Zorn,
Im Schweiße seines Angesichts zu nähren,
Sein Garten trage Disteln ihm und Dorn."

Der Mönche Schar auf diese strengen Worte
Läßt an Marina ihren Grimm nun aus,
Mit Brot und Wasser treiben sie zur Pforte
Die Arme in die öde Nacht hinaus. —

— Doch ihr nicht öb'; denn zu des Vaters Grabe
Eilt mit dem Krug und Brot das treue Kind,
Daß ihr Geheimnis sie bewahret habe,
Erzählt sie betend ihm in Nacht und Wind.

Streng that Marina göttlichem Gebote
Und ihres Ordens Regel dort genug,
Sie teilte täglich mit der Not die Brote
Und mit den Durstigen den Wasserkrug.

Sie betete und sang die heil'gen Stunden,
Wie sie der sel'ge Vater einst gelehrt;
Die Matutin, da Jesus ward gebunden,
Sie täglich mit dem Morgenstern verehrt.

Die Prim, da er verhöhnt ward und verspieen,
Begrüßt ihr Dankgebet für eigne Schmach,
Zur Terz, da sie „ans Kreuz mit ihm!" geschrieen,
Pries sie das Urteil, das der Abt ihr sprach.

Zur Sext, der Kreuz'gung grimmer Marterstunde,
Trug dankend Jesu sie ihr Kreuz auch nach;
Zur Non, da er empfing die Seitenwunde,
Pries sie das Schwert, das ihr das Herz durchstach.

Zur Vesper, da er ward vom Kreuz genommen,
Sank ihre Sonne in ein Thränenmeer;
Und zur Komplet, da er ins Grab gekommen,
Rief sie ins Chor das ganze Sternenheer.

Und in ihm zählend Jesu Geißelwunden,
Trifft Dorn und Geißel sie mit hartem Schlag.
So zieht Marina büßend alle Stunden
Den Kreuzweg mit dem Jahr durch Nacht und Tag.

Doch als zum Port der Storch kam heimgeflogen,
Bracht er ein Knäblein in des Wirtes Haus,
Drei Jahre hat's die Dirne groß gezogen,
Und setzt es dann gleich einer Hagar aus.

Der bösen Dirne Mutter trägt den Knaben
Hin zu Marina, spricht zu ihr mit Hohn:
„Es füttern ihre Brut ja alle Raben,
So füttre, schwarzer Mönch, auch deinen Sohn."

Marina dankt und singt, ihr Leid zu süßen:
„Gott Lob, uns ist geschenkt ein Kindelein,
Mein sündig Herz ruht dienend ihm zu Füßen,
Denn alle Macht ruht auf den Schultern sein!"

Sie wiegt den Knaben ein an ihrem Herzen,
Er schläft gewärmt von reiner Liebe Glut,
Genähret von dem Brote ihrer Schmerzen,
Getränkt von ihrer Thränen heil'ger Flut.

Zwei Jahre so mit diesem armen Kinde
Stand büßend noch Marina vor dem Thor,
Und weicht in Thränen ihm die harte Rinde,
Die man ihr täglich mit der Schuld wirft vor.

Und lehrt es treu mit süßen Mutterreden,
Wie einst der liebe Vater sie gelehrt,
Für seine Eltern und für Sünder beten;
Die Mönche hörten's, Gott hat es erhört.

Und als in des Adventes heil'gen Tagen
Die Sehnsucht allem Trost entgegen wallt,
Lehrt fromm Marina ihren Knaben fragen,
Ob wohl das Jesukindlein komme bald.

Und als er fragt, wo nur es schlafen solle,
Trägt wie ein Vöglein sie vom Dornbusch ein
Vorbei gestreifter Schäflein zarter Wolle,
Und baut dem Kind ein feines Krippelein.

Dann formet aus dem Wachs der wilden Bienen
Marina auch ein Kindlein, weiß und fein,
Und legt es, als die heil'ge Nacht erschienen,
Andächtig zwischen Ochs und Eselein.

Als jubelnd nun des Klosters Glocken klingen,
Und Weihenacht mit freud'ger Lichter Schein
Die Kirche füllt, fällt in der Mönche Singen
Marinas und des Knaben Stimme ein.

„Kommt, lasset uns das Heil der Welt begrüßen,
Denn uns ist ja geschenkt das Kindelein,
Mein armes Herz ruht dienend ihm zu Füßen,
Denn alle Macht ruht auf den Schultern sein.

„Den Schultern huldiget, die, unsre Schulden
Zu büßen, trugen schwere Kreuzeslast;
Kommt, huldiget der Unschuld, die voll Hulden,
Dem Kinde, das bei Sündern kömmt zu Gast.

„Es nimmt fürlieb: bringt, was ihr habt, dem Kinde,
Bringt bittre Myrrhenbüschlein eurer Schuld,
Bringt eures bösen Herzens harte Rinde,
Bringt einen blüh'nden Dornkranz der Geduld.

„O kommt mit mir und betet an, ihr Sünder,
Für uns ja kömmt dies Kind, für uns allein,
Erbarmet euch gleich ihm der armen Kinder,
Erbarmt euch aller seiner Brüderlein!"

So hörten, die zur Weihnachtsmette gingen,
Die Mönche einsam drauß' in Sturm und Wind
Marina mit dem armen Knaben singen,
Und sieh', es ward ihr Herz ganz mild und lind.

Sie dringen in den Abt mit ihren Bitten:
„Thu auf das Thor und laß Marinus ein,
Fünf Jahre hat geduldig er gelitten
In strenger Buße Hohn und Hungers Pein.

„In Sonnenglut, im Sturmgeheul der Winde
Hat niemals noch Marinus Weh geklagt,
Hat mit dem Knaben seine harte Rinde,
Mit Thränen dankend, täglich fort genagt.

„Die er erschütterte, die heil'gen Mauern,
Der klösterlichen Zucht durch seine Schuld,
Hat er in uns erbaut zu langem Dauern
Durch seiner Buße sühnende Geduld.

„Der selbst ohn' Obdach draußen in der Wüste
Ein festlich Dach erbaut dem Gotteskind;
Das aller Büßer Schuld am Kreuze büßte,
Verschmachte länger nicht in Sturm und Wind."

Der Abt, gerührt in väterlicher Strenge,
Vernimmt erfreut der Brüder Mildigkeit,
Er lauschet auf des Büßers Christgesänge,
Sein Herz geht auf im Gnadentau der Zeit.

Er läßt von seinem Mund das Sprachrohr tönen:
„Gott in den Himmelshöh'n sei Ehr' und Preis,
Fried' und Versöhnung allen Menschensöhnen,
Die guten Willens, auf dem Erdenkreis.

„Ihr Schäflein in der Wüste draus verloren,
Verbannt, verwiesen, kehret heim zum Stall,
Es ist das Lamm, der gute Hirt geboren,
Marinus, hör des Hirtenhornes Schall!"

Marina gleich auf diese Friedensworte
Die Krippe auf des Knaben Hände legt,
Und folgt lobsingend zu der Klosterpforte
Dem Kleinen, der das Jesukindlein trägt.

Er setzt das Kripplein auf der Schwelle nieder,
Und knieet betend bei der Büßerin.
Der Abt steht schweigend dort im Kreis der Brüder,
Und blicket ernst dann auf Marina hin.

„Hier führte einst Eugen, dein Vater," spricht er,
„Marinus, den unschuld'gen Sohn, herein,
Hier ward dein Vater ich, und dann dein Richter,
Das ist die Frucht von deiner Schuld allein.

„Hier fordert auch Eugen einst deine Seele,
Die du verderbet hast, o Sohn, von mir;
Drum trieb ich, nicht damit dein Herz ich quäle,
Nein, daß ich's reinige, dich weg von hier.

„Tritt wieder mit dem Zeugen deiner Sünde
Und mit dem Weihnachtskindlein bei uns ein,
Doch, willst du folgen streng dem Jesukinde,
Mußt du ein Knecht auch seiner Knechte sein.

„Dies Haus, durch deines Lasters Schmach erschüttert,
Bau' deiner Buße Beispiel wieder auf,
Das Ärgernis, zu dem du uns erbittert,
Versüße deiner Reue Thränenlauf.

„Konnt' deine Schuld dies Haus so arg beflecken,
So halt' fortan es deine Buße rein,
Den Wust und Unrat feg' aus allen Ecken
Von heut' an täglich deine Hand allein.

„Besudelt und zerrissen hast du leider
Mit böser Lust dein geistliches Gewand,
Drum reinige fortan der Brüder Kleider
Und dieses Hauses Linnen deine Hand.

„Dein Wandel hat mit schreienden Standalen
Den Ruf des Klosterwandels arg beschmutzt,
Drum werden künftig alle die Sandalen
Des Klosters nur von dir geflickt, geputzt.

„Und weil das Wasser Gott in Zornes Tagen
Und Gnadentagen reinigend bestellt,
Sollst du ins Haus auch alles Wasser tragen;
Denn deine Schuld ist gleich der Schuld der Welt.

„Draus vor der Thüre büßtest du als Laie,
Bis du dich frei gedient und ausgesühnt:
Im Hause werd' dein Büßen dir zur Weihe,
Bis deine Buße dir Verdienst erdient."

Marina dankt und küßt des Abtes Füße
Und rings den Mönchen des Gewandes Saum;
Daß sie im engen Kloster schwerer büße,
Schien nun die Wüste draus ein schöner Traum.

Tief sehnt Marina sich und übt mit Treue
Ihr mühselig Amt von Tag zu Tag,
Ein rührend Gnadenbild zerknirschter Reue
Wankt sie umher, bis sie der Last erlag.

Da naht ihr Ziel, es brechen ihr die Glieder,
Und auf des teuern Vaters Hügelgrab
Zieht sie die Last des Wasserschlauches nieder,
Und legt sie des Lebens Bürde ab.

Und zu den Mönchen eilt und spricht der Knabe:
„Kommt, holt den Schlauch, ich weiß nicht, was geschehn,
Mein Vater saß bei seines Vaters Grabe
Und betete und schlummert jetzt ganz schön."

Die Mönche nahn. Marina reicht die Hände
Aufblickend hin den Brüdern rings geschart:
„Vergebt," fleht sie, „und zeugt, daß bis zum Ende
Dem Vater das Geheimnis ich bewahrt."

Sie starb. — Der Abt, von ihrem Tod berichtet,
Sprach: „Also große Sünde hat gethan
Marinus, daß Gott selbst ihn hat gerichtet,
Seht, seine Buße nahm der Herr nicht an.

„Darum kein Trunk aus seinem Schlauch euch labe,
Wascht aus dem Schlauch, dem er erlag, ihn rein,
Und senket weit von jedes Frommen Grabe
Des Sünders Leib fern in der Wüste ein."

Bald ruht der heil'ge Leib draus in der Halle,
Sein Antlitz waschen sie mit banger Scheu,
Und nun den Hals — da eilten plötzlich alle
Zum strengen Abte hin mit Wehgeschrei.

Er fraget ernst: „Welch Unheil ist geschehen?"
Sie aber schrie'n: „Komm, schau das Wunder an,
Zur Halle komm, Marinus anzusehen,
Die Unschuld sieh, der wir so weh gethan!"

Brentano, Gedichte.   8

Es folgt der Abt, von ihrer Angst erschrecket,
Ein Ecce Homo scheint des Büßers Leib,
Doch als den Mantel von der Brust er decket,
Spricht ihrer Unschuld Zeugin: „Sieh ein Weib!"

„Weh!" schreit der Abt, „mein Ruhm ist all verloren!
Deckt, Hügel, mich, und über mich euch beugt,
Ihr Berge! Weh dem Leib, der mich geboren!
Den Brüsten weh! die mich als Kind gesäugt.

„Konnt' solch Gericht am grünen Holz geschehen,
Ließ Gott es zu durch mich grausamen Mann,
Wie wird es mir, dem dürren Stamm, ergehen,
Den mit dem Feigenbaum trifft gleicher Bann."

Da wirft er sich laut jammernd an die Erde,
Schlägt an die Steine hin sein greises Haupt
Und klaget mit des tiefsten Leids Gebärde:
„Marina, weh! uns hat dein Kranz entlaubt."

Und mit den Fäusten sich die Brust zerschlagend,
Kniet rings um ihn der Brüder Trauerchor,
Und nie noch drang ob schwerer Schuld wehklagend,
Ein Miserere reuiger empor.

Der Knabe auch, der stets der Mönche Lieder
Und Stellung nachahmt, bracht' sein Krippelein,
Und kniet mit ihm sich zwischen ihnen nieder,
Und sang der Einfalt Lied vom Kindelein.

„Kommt, lasset uns das Heil der Welt begrüßen,
Geboren ist uns ja ein Kindelein,
Mein armes Herz ruht dienend ihm zu Füßen,
Denn alle Macht ruht auf den Schultern sein.

„Den Schultern huldiget, die, unsre Schulden
Zu büßen, trugen schwere Kreuzeslast;
Kommt, huldiget der Unschuld, die voll Hulden
Ein heilig Kind bei Sündern kommt zu Gast.

„Es nimmt fürlieb; o huldiget dem Kinde,
Bringt bittre Myrrhenbüschlein eurer Schuld,
Bringt eures bösen Herzens harte Rinde,
Bringt einen blüh'nden Dornkranz der Geduld!

„O kommt mit mir und betet an, ihr Sünder!
Für uns ja kam dies Kind, für uns allein,
Erbarmet euch gleich ihm der armen Kinder,
Erbarmet euch doch seiner Brüderlein!"

Mit diesem Lied kam Friede auf die Brüder
Und auf den Abt, die guten Willens sind;
Sie knieten um die heil'ge Leiche nieder,
Da ward ihr grimmer Schmerz ganz süß und lind.

Und flehend spricht der Abt: „Zu deinen Füßen
Gelobe ich, du heil'ges Wüstenkind,
Dein schuldlos Büßen doppelt selbst zu büßen
In Wüsten=Glut und Durst und Sturm und Wind.

8*

„Doch jetzt beschwör' ich dich, an jenem Tage,
Des Zornes Tage, vor dem Angesicht
Des Gottes, der dich liebt, mich nicht verklage,
Denn, was ich dir gethan, ich wußt' es nicht.

„Beschwör' ich dich beim jungfräulichen Leibe,
Der Jesum trug, und bei der sel'gen Brust,
Die ihn genährt, nicht in mein Schuldbuch schreibe,
Daß deine Unschuld dir nur war bewußt.

„Bei geistlichem Gehorsam ich befehle,"
Spricht dann der Abt, aufrichtend sich am Stab,
„Daß allen du vergebest, teure Seele,
Wie Jesus seinen Kreuzigern vergab.

„Unwissenden nicht nur erfleh vom Lamme,
Dem treu du folgtest, seiner Gnade Huld;
Nein jener auch, daß Gott sie nicht verdamme,
Die lügend auf dich warf die eigne Schuld."

Ein süßer Duft erfüllte gleich die Halle
Auf des Gehorsams heilig mächt'ges Wort;
„Sie hat vergeben!" flüsterten da alle,
„Von ihrer Milde duftet dieser Ort."

Den heil'gen Leib zur Kirche nun zu bringen,
Befiehlt der Abt der frommen Brüder Schar.
„Herr Gott, dich loben wir" die Träger singen,
„Dich Gott in deinen Heil'gen wunderbar!"

Und mit dem Jesukindlein vor dem Zuge
Zieht her der Knabe, der sein Liedlein singt,
Und über ihm in weiterstrecktem Fluge
Der Vögel Schar der Wüste Rauchfaß schwingt.

Sie streuen Weihrauch auf Marinas Glieder
Und schmückten mit Gewürzen ihr Gewand,
Ein goldner Bienenschwarm summt zu ihr nieder
Und füllt mit Wachs und Honig ihre Hand.

Sehnsüchtig Palm und Palme sich durchschlingen
Zu Ehrenpforten auf des Zuges Pfad,
Und weiße Tauben wehn mit reinen Schwingen
Kühlung und Blüten, wo die Heil'ge naht.

Die Lämmer blökend sich zum Zuge drängen,
Jed' Blümchen streuet einen Taujuwel,
Es wölbt ein Baldachin sich von Gesängen,
Stumm huldigend am Weg kniet das Kamel.

Schon überschritt der Zug die heil'ge Schwelle,
Schon ruht Marinas Leib vor dem Altar,
Da bringt ein rasend Weib man zur Kapelle,
Mit Wutgebärde und zerrauftem Haar.

Des Knaben Mutter ist's, die frech vermessen
Des Kriegers Schandthat auf Marina log,
Vom Geist der Lüge raset sie besessen,
Seit rein der Büß'rin Geist zum Himmel flog.

Sie sträubt sich bäumend in der Knechte Armen,
Die mit Gewalt sie nahn dem heil'gen Leib,
„Marina, bitt für sie!" ruft voll Erbarmen
Das ganze Volk, und betet für das Weib.

Sie rast und tobt, bis um der Mutter Hände
Der Knabe Sankt Marinas Gürtel wand;
Da ging an ihr des Satans Macht zu Ende,
Da ward der Gnade Macht an ihr erkannt.

In Strömen weinend auf des Knaben Wangen
Fleht sie: „Unschuld'ger Zeuge meiner Schuld,
Hilf betend mir von Jesu Gnad' erlangen
Durch sein Verdienst in seiner Braut Geduld."

Da spricht das Kind, wie es Marina lehrte,
Des Herrn Gebet fromm seiner Mutter vor,
Und schluchzend betend die von Reu' Verzehrte
Die Bitten nach, einstimmt der Mönche Chor.

Doch als sie sprach: „Herr, in Versuchung führe
Uns nicht! o Herr, vom Bösen uns erlös',"
Erbebt sie, und aus ihres Mundes Thüre
Fährt aus der Lügengeist mit Wutgetös.

Da hörten alle, daß ein süßes Amen
Marina leis mit reiner Lippe sprach,
Und priesen hoch der Jungfrau heil'gen Namen,
Die so getreu dem Lamme folgte nach.

Und ihres Ruhmes gute Engel flogen
Zum Meer hinab, zum Libanon hinan.
Mit Kreuz und Fahne kamen hergezogen
Die Klöster rings; die Wüste ward zur Bahn.

Und wo bei ihres Vaters Hügelgrabe
Marina Wasser tragend niedersank,
Erquickt die Kranken aus dem Schlauch der Knabe,
Und mancher ward gesund, der glaubend trank.

Am Pilgerpfade aber, um zu büßen,
Am Hals den Strick, die Kerze in der Hand,
Geschornen Hauptes, bleich, mit nackten Füßen
Des Knaben Mutter in dem Bußhemd stand.

Sie sang das Klagelied von ihrer Schande,
Das Jubellied von Sankt Marinas Ehr';
Da hörten es die Pilger aller Lande
Und sangen's weiter über Land und Meer.

*   *   *

Conscientia.

Und weil der Büß'rin Namen man nicht wußte,
Ward Weib und Lied Conscientia genannt;
Und wer es sang und singen hört', der mußte
Ans eigne Herz auch legen seine Hand.

Auch dem Verführer sang es seine Schande,
Doch nie die Hand am Herzen es ihn fand;
Es sucht' und fand das Lied ihn rings im Lande
Hier handgemein und dorten Hand in Hand.

Er flieht des Liedes Kreis zu weiterm Kreise,
Doch so an ihn gebannt ist der Gesang,
Daß in der stummen Wüste diese Weise
Aus seinem eignen Munde endlich klang.

Verschmachtend trieb es ihn von Wüst' zu Wüste,
Wie den gehetzten Hirsch des Jägers Hund,
Bis schmerzlicher als je das Lied ihn grüßte
Mit heiserm Klang aus seines Weibes Mund.

So heiser klang es, wie die Wüstenquelle;
Vom Durst gepeinigt dringt er durch den Strauch,
Da steht ein Jüngling an des Grabes Schwelle,
Da tränkt sein Sohn ihn aus Marinas Schlauch.

Und weil mit Labung Gnade er getrunken,
Hat weinend er ans Herz gelegt die Hand,
Ist betend vor dem Kreuz er hingesunken,
Am offnen Grab, worin Conscientia stand.

Der Jüngling eilte weiter in die Wüste
Und führt den Abt, der dort schon manches Jahr,
Wie er Marina es gelobet, büßte,
Hin an das Kreuz zu seiner Eltern Paar.

Die beiden nun bekennen ihre Sünden,
Er spricht sie los, reicht ihnen Jesu Leib,
Um ihren Bund nun sühnend zu verbinden,
Und segnend dann des Grabes Bett dem Weib.

Von ihrem Mund zum letzten Mal erklungen
Ist nun Marinas Ehr' und ihre Schmach;
Ihr Mann in tiefer Reu' hat mitgesungen,
Wehklagend hallten rings die Felsen nach.

Da ließ der Abt sein Hirtenhorn ertönen,
Die Mönche nahn und küssen seinen Stab,
Umgeben von der Wüste frommen Söhnen
Senkt sich Marinas Schülerin ins Grab.

Aufblickend nochmals reichet sie die Hände
Dem Mann, dem Sohn, den Mönchen knie'nd am Rand,
„Vergebt," fleht sie, „und zeugt, daß bis zum Ende
Vor aller Welt ich meine Schuld bekannt.

„Mein Sohn! wie deine Mutter fortan ehre
Den Vater, daß du lebst auf Erden lang'.
Wie mich, so ihn Marinas Buße lehre,
Das laß ich dir — und ihm den Bußgesang.

„Mein Gatte! o verwalte treu dies Erbe,
Marinas Unschuld, unsrer Schuld Gesang,
Auf unsern Gräbern nie das Bußlied sterbe,
Zu unsern Gräbern sei der Büßer Gang.

„Und wer hier tief verwundet betend rastet,
Ergieße seiner stummen Wunden Schmerz,
Er sing' und klage hier, was ihn belastet,
Sein Mund bekenne laut sein krankes Herz.

„Hier, wo die Unschuld schweigend hat getragen,
Hier, wo die Schuld bekennend ward gesund,
Werd' aller Lieb' es leicht, zu weheklagen,
Und lächle allem Leid ein Gnadenmund."

Da lächelte ihr Mund dem Sohn, dem Manne,
Der Mönche Schar, die betend sie umgab,
Dann schied die Seele aus des Leibes Banne,
Der mit gekreuzten Händen ruht im Grab.

Und de profundis rings die Mönche singen;
Und Vögel, denen sie ihr Brot geteilt,
Sind, ihres Dankes Huldigung zu bringen,
Mit Blumen sie bedeckend hergeeilt.

Und Cedernreiser häufen sie zusammen
Und streuen edles Harz an Grabes Rand!
Es läßt der Sohn des Dankes Opfer flammen,
Und Weihrauchwolken ziehen weit durchs Land.

Dann sang der Sohn das Bußlied durch die Lüfte,
Der mit dem Lied vom Kindlein es durchschlang,
Bis seine Seele im Geleit der Düfte
Empor beim Gloria in Excelsis drang.

So mehrten sich von Zeit zu Zeit die Hügel,
Manch leidenmüdes Haupt ging hier zur Ruh';
Mit Blüten deckte hier das Waldgeflügel
Manch wundes Herz im Tode heilend zu.

Als längst von hohem Steindom übermauert
Der Leib Marinas in Venedig ruht,
Ward unterm Himmelsdom hier noch getrauert,
Trank Thränenflut hier noch der Wüste Glut.

Als Sang und Weihrauch lang' schon dort das Wunder
Des unverwesten Bußleibs feiernd preist,
Glimmt' in der Wüste noch der Reue Zunder,
Schwebt' um das Grab hier noch der Buße Geist;

Klang noch das Bußlied hier von Mund zu Munde,
Gab noch von mancher Seele ausgesöhnt
Die Weihrauchwolke hier der Wüste Kunde:
„Dort wallt sie auf den Bräutigam gelehnt!"

Zweites Buch.

Weltliche Gedichte.

Erste Abteilung.

Vaterland.

Rheinübergang, Kriegsrundgesang.

Zum Besten eines Armen,
Der Dichter hat die Luft davon,
Wer mehr giebt, hat Erbarmen,
Ein Groschen mehr, bringt Gottes Lohn.

Auf, ihr starken Siegesbrüder,
Brecht mit Sang und Klang die Nacht,
Singt den Schicksalssternen Lieder,
Bis der Tag uns jenseits lacht.
    Chor: „Singen, klingen, Fahnen schwingen,
        Feinde zwingen, Sieg erringen,
        Nach den Friedenspalmen springen,
        Und wenn sie am Himmel hingen!

Lasset uns die Becher leeren
Jedem Deutschen, der schon fiel.
Heldengeister, Schar der Ehren!
Seht, wir grüßen euch am Ziel.

Über euch schon wallen Saaten,
Über euch nun wallt das Heer,
Was die Feinde niedertraten,
Stellen eure Brüder her.

Einen Becher laßt uns bringen
Nun der Preußen kühnem Heer,
Die so heldenfreudig ringen,
Als ob Gott mit ihnen wär'.

Wahrlich! wahrlich! solchen Streitern
Um die Freiheit, um das Heil,
Stellt der Himmel selbst die Leitern,
Und dann ist kein Sieg zu steil.

Nun wollt voll den Becher gießen,
Daß er sühnend überrinnt,
Bayern, Schwaben, Baden grüßen;
Alle sind nun deutsch gesinnt.

Alle, alle sind berufen,
Und es eilt die deutsche Schar
Auf des Rheines Rebenstufen
Zu des Bacchus Siegaltar.

Seid gegrüßt ihr Rebenhügel,
Sei gegrüßt du frommer Rhein,
Unter deutschem Adlerflügel
Reife wieder deutscher Wein.

Unsrer Sprache heil'ge Zungen
Stimmen all in einen Klang,
Und am Rheine voll erklungen
Ist der deutsche Siegsgesang.

Nun sei treu von uns umschlossen,
Deutsche Eidgenossenschaft,
Auch in uns sind Eidgenossen
Sieg und Eifer, Mut und Kraft.

Was ihr fest erstrebt im kleinen,
Will in uns der große Krieg:
Einen Mittler nur, sonst keinen,
Kennen wir, er giebt den Sieg.

Wollt drum mit uns niederknieen,
Schweizer! über freien Grund
Will die Welt zur Freiheit ziehen,
Stimmet ein mit deutschem Mund!

Heil ihm, der an Himmelszelten
Also stellt der Sterne Heer,
Daß der Siegskranz frommen Helden
Segnend fällt auf Schwert und Speer!

Heil und Ruhm dem Siegesfürsten,
Euch und uns und aller Welt,
Allen, die nach Frieden dürsten,
Half und hilft der ew'ge Held.

Unterm Siegesbundessiegel
Trink' ich nun Versöhnungswein;
Rausche, deutscher Adlerflügel!
Ha! die Fessel klirrt zum Rhein."

In der Franken schönem Reiche
Blüht der Ölbaum frei im Feld.
Auf, und brechet Friedenszweige
Der empörten armen Welt.

Rinnet ab, ihr zorn'gen Wogen,
Erde tauche grün empor,
Unter Gottes Regenbogen
Klinget dann der Friedenschor.

Und dann pflanze ein gerechter
Noah uns den Siegeswein,
Deiner Freiheit fromme Fechter
Trag zum Sieg nun, Vater Rhein!
  Chor: „Singen, klingen, Fahnen schwingen,
    Feinde zwingen, Sieg erringen,
    Nach den Friedenskronen springen,
    Und wenn sie am Himmel hingen,
    Auf, es wird mit Gott gelingen!"

Soldatenlied.

(1813.)

Es leben die Soldaten
So recht von Gottes Gnaden,
Der Himmel ist ihr Zelt,
Ihr Tisch das grüne Feld.

Ihr Bette ist der Rasen,
Trompeter müssen blasen:
Guten Morgen, gute Nacht!
Daß man mit Lust erwacht.

Ihr Wirtsschild ist die Sonne,
Ihr Freund die volle Tonne,
Ihr Schlafbuhl' ist der Mond,
Der in der Sternschanz wohnt.

9*

Die Sterne haben Stunden,
Die Sterne haben Runden
Und werden abgelöst,
Drum Schildwach' sei getröst.

Wir richten mit dem Schwerte,
Der Leib gehört der Erde,
Die Seel' dem Himmelszelt,
Der Rock bleibt in der Welt.

Wer fällt, der bleibet liegen,
Wer steht, der kann noch siegen,
Wer übrig bleibt, hat Recht,
Wer fortläuft, der ist schlecht.

Zum Hassen oder Lieben
Ist alle Welt getrieben,
Es bleibet keine Wahl;
Der Teufel ist neutral.

Bedienet uns ein Bauer,
So schmeckt der Wein fast sauer,
Doch ist's ein schöner Schatz,
So kriegt sie einen Schmatz!

Aufruf.

(1813.)

Auf mit Gott zum Kampf, ihr Brüder,
Mit dem Schwert und dem Gebete,
Reiß den Sieg vom Himmel nieder,
Deutscher, Russe, Britte, Schwede!

Helf' uns Gott, der Hirt, der Hohe,
Der auf uns herniederschauet,
Seht, schon lodern lichterlohe
Scheiterhaufen rings erbauet!

In den Flammen heil'gen Zornes,
In gerechter Rache Gluten
Brennt der Busch des bösen Dornes,
Der die ganze Welt ließ bluten!

Selig, wer von ganzem Herzen
Alles, was ihn tief verletzet,
Alle Trauer, alle Schmerzen
An dies heil'ge Opfer setzet!

Denn wir wollen das verbrennen,
Was in Leib und Seel' uns störet,
Wer kann das mit Worten nennen,
Was ihn in dem Geist empöret!

Elend, Qual und Not und Frevel,
Trug und List und Hohn und Lüge
Schmolz der Feind zu glühem Schwefel,
Daß die Flamme höher schlüge!

Freudig drum, ihr Kampfesbrüder,
Schließt euch treulich um die Flammen,
Brennt den Dorn zur Asche nieder,
Der ein Ölbaum soll entstammen!

Eine Taube soll sich schwingen
Aus der Glut, soll Friedenszweige
Der empörten Erde bringen,
Daß sie aus der Zornflut steige!

Friede ward umsonst verlanget,
Unsrer Ehr' und Freiheit Friede.
Auf zum Kampf nun, wer nicht banget
Und vor keinem Götzen kniete!

Lied der Frauen, wenn die Männer im Kriege sind.

(1813.)

Wenn es stürmet auf den Wogen,
Strickt die Schifferin zu Haus,
Doch ihr Herz ist hingezogen
Auf die wilde See hinaus.
  Bei jeder Welle, die brandet
  Schäumend an Ufers Rand,
  Denkt sie: er strandet, er strandet, er strandet,
  Er kehret mir nimmer zum Land!

Bei des Donners wildem Toben
Spinnt die Schäferin zu Haus,
Doch ihr Herz, das schwebet oben
In des Wetters wildem Saus.
  Bei jedem Strahle, der klirrte
  Schmetternd durch Donners Groll,
  Denkt sie: mein Hirte, mein Hirte, mein Hirte
  Mir nimmermehr kehren soll!

Wenn es in dem Abgrund bebet,
Sitzt des Bergmanns Weib zu Haus,
Doch ihr treues Herz, das schwebet
In des Schachtes dunklem Graus.
    Bei jedem Stoße, der rüttet
    Hallend im wankenden Schacht,
    Denkt sie: verschüttet, verschüttet, verschüttet
    Ist mein Knapp' in der Erde Nacht!

Wenn die Feldschlacht tost und klirret,
Sitzt des Kriegers Weib zu Haus,
Doch ihr banges Herz, das irret
Durch der Feldschlacht wild Gebraus.
    Bei jedem Schlag, jedem Hallen
    Der Stücke an Berges Wand,
    Denkt sie: gefallen, gefallen, gefallen
    Ist mein Held nun für's Vaterland!

Aber fern schon über die Berge
Ziehen die Wetter, der Donner verhallt,
Hör, wie der trunkenen, jubelnden Lerche
Tireli, Tireli siegreich erschallt.
    Raben, zieht weiter! — Himmel wird heiter,
    Dringe mir, dringe mir — Sonne, hervor!
    Über die Berge, — jubelnde Lerche,
    Singe mir, singe mir — Wonne ins Ohr!

Mit Cypreß und Lorbeer kränzet
Sieg das freudig ernste Haupt.
Herr! wenn er mir niederglänzet,
Mit dem Trauergrün umlaubt,
    Dann, sternlose Nacht, sei willkommen,
    Der Herr hat gegeben den Stern,
    Der Herr hat genommen, genommen, genommen,
    Gelobt sei der Wille des Herrn!

Abschied vom Rhein.

Nun gute Nacht, mein Leben,
Du alter, treuer Rhein!
Deine Wellen schweben
Klar im Sternenschein;
Die Welt ist rings entschlafen,
Es singt den Wolkenschafen
Der Mond ein Lied!

Der Schiffer schläft im Nachen
Und träumet von dem Meer;
Du aber, du mußt wachen
Und trägst das Schiff einher!
Du führst ein freies Leben,
Durchtanzest bei den Reben
Die ernste Nacht!

Wer dich gesehn, lernt lachen;
Du bist so freudenreich,
Du labst das Herz der Schwachen
Und machst den Armen reich;
Und spiegelst hohe Schlösser
Und füllest große Fässer
Mit edlem Wein!

Auch manchen lehrst du weinen,
Dem du sein Lieb entführt;
Gott wolle die vereinen,
Die solche Sehnsucht rührt;
Sie irren in den Hainen,
Und von den Echosteinen
Erschallt ihr Weh!

Und manchen lehret beten
Dein tiefer Felsengrund:
Wer dich im Zorn betreten,
Den ziehst du in den Schlund;
Wo deine Strudel brausen,
Wo deine Wirbel sausen,
Da beten sie!

Mich aber lehrst du singen;
Wenn dich mein Aug' ersieht,
Ein freudeselig Klingen
Mir durch den Busen zieht;
Treib fromm mir meine Mühle,
Jetzt scheid' ich in der Kühle
Und schlummre ein!

Ihr lieben Sterne decket
Mir meinen Vater zu.
Bis mich die Sonne wecket,
Bis dahin mahle du;
Wird's gut, will ich dich preisen,
Dann sing' in höhern Weisen
Ich dir ein Lied!

Nun werf' ich dir zum Spiele
Den Kranz in deine Flut;
Trag ihn zu seinem Ziele,
Wo dieser Tag auch ruht;
Gut' Nacht! ich muß mich wenden,
Muß nun mein Singen enden,
Gut' Nacht, mein Rhein!

Rückkehr an den Rhein.

Weiß ich gleich nicht mehr wo hausen,
Find' ich gleich die Mühle nicht,
Seh' ich dich doch wieder brausen,
Heil'ger Strom, im Mondenlicht.
O willkomm'! willkomm'! willkommen!
Wer einmal in dir geschwommen,
Wer einmal aus dir getrunken,
Der ist Vaterlandes trunken!

Wo ich Sonnen niedersenken
Sich zum Wellenspiegel sah,
Oder Sterne ruhig denken
Überm See, warst du mir nah.
O willkomm'! willkomm'! willkommen!
Wen du einmal aufgenommen,
Wen du gastfrei angeschaut,
Keiner Freude mehr vertraut!

Ström' und Flüss' hab' ich gesehen,
Reißend, schleichend durch das Land,
Aber keiner weiß zu gehen
Herrlich so durchs Vaterland.
O willkomm'! willkomm'! willkommen!
Schild der Starken, Trost der Frommen,
Gastherr aller Lebensgeister,
Erzmundschenk und Küchenmeister!

Ordensband der deutschen Erde,
Das der Weinstock um sie schlingt,
Wo am gastfrei deutschen Herde
Sie der Helden Wohlsein trinkt.
O willkomm'! willkomm'! willkommen!
Andre Flucht kann mir nicht frommen,
Denn an deinem Ufer lauschen
Wein und Liebe, die berauschen!

Weines Feuer, Liebestreue,
Männerkraft und Jungfrau'n-Zucht,
Daß mein Herz sich recht erneue,
Hab' ich wieder euch besucht.
O willkomm'! willkomm'! willkommen!
Echo schlag' die Freudentrommen,
Daß der Vater Rhein euch höret,
Wie ich bin zurückgekehret!

Zweite Abteilung.

Liebe.

An den Mond.

(1800.)

—

Sieh, dort kommt der sanfte Freund gegangen,
Leise, um die Menschen nicht zu wecken;
Kleine Wölkchen küssen ihm die Wangen,
Und die schwarze Nacht muß sich verstecken.
   Nur allein
   Wer mit Pein
Liebt, den kühlet sein lieblicher Schein!

Freundlich küsset er die stillen Thränen
Von der Liebe schwermutsvollen Blicken,
Stillt im Busen alles bange Sehnen,
Alles Leiden weiß er zu erquicken.
  Liebe eint,
   Wenn erscheint
Unvermutet die Freundin dem Freund!

Auch mich kleinen Knaben siehst du gerne,
Kommst mit deinen Strahlen recht geschwinde,
Mir zu leuchten aus der blauen Ferne,
Wenn ich Liliens seidne Locken winde.
  Zuzusehn,
   Bis wir gehn,
Wenn die kühleren Nachtwinde wehn!

Auf dem Rhein.

(1800.)

Ein Fischer saß im Kahne,
Ihm war das Herz so schwer,
Sein Lieb war ihm gestorben,
Das glaubt er nimmermehr.

Und bis die Sternlein blinken,
Und bis zum Mondenschein
Harrt er, sein Lieb zu fahren
Wohl auf dem tiefen Rhein.

Da kommt sie bleich geschlichen,
Und schwebet in den Kahn,
Und schwanket in den Knieen,
Hat dünn ein Kleidchen an.

Brentano, Gedichte.   10

Sie schimmern auf den Wellen,
Hinab in tiefer Ruh',
Da zittert sie und wanket:
„Feinsliebchen, frierest du?

„Dein Kleidchen spielt im Winde,
Das Schifflein treibt so schnell,
Hüll dich in meinen Mantel,
Die Nacht ist kühl und hell."

Stumm streckt sie nach den Bergen
Die weißen Arme aus,
Und freut sich, wie der Vollmond
Aus Wolken blickt heraus.

Und nickt den alten Türmen,
Und will den Sternenschein
Mit ihren schlanken Händlein
Erfassen in dem Rhein.

„O halte dich doch stille,
Herzallerliebstes Gut,
Dein Kleidchen spielt im Winde
Und reißt dich in die Flut!"

Da fliegen große Städte
An ihrem Kahn vorbei,
Und in den Städten klingen
Wohl Glocken mancherlei.

Da kniet das Mägdlein nieder
Und faltet seine Händ',
Aus seinen hellen Augen
Ein tiefes Feuer brennt.

„Feinsliebchen, bet' hübsch stille,
Schwank nicht so hin und her,
Der Kahn möcht' uns versinken,
Der Wirbel reißt so sehr!"

In einem Nonnenkloster
Da singen Stimmen fein,
Und aus dem Kirchenfenster
Bricht her der Kerzenschein.

Da singt Feinslieb gar helle
Die Metten in dem Kahn,
Und sieht dabei mit Thränen
Den Fischerknaben an.

Da singt der Knab' gar traurig
Die Metten in dem Kahn
Und sieht dazu Feinsliebchen
Mit stummen Blicken an.

Und rot und immer röter
Wird nun die tiefe Flut,
Und bleich und immer bleicher
Feinsliebchen werden thut.

Der Mond ist schon zerronnen,
Kein Sternlein mehr zu sehn,
Und auch dem lieben Mägdlein
Die Augen schon vergehn.

„Lieb Mägdlein, guten Morgen!
Lieb Mägdlein, gute Nacht!
Warum willst du nun schlafen,
Da schon der Tag erwacht?"

Die Türme blinken sonnig,
Es rauscht der grüne Wald,
In wildentbrannten Weisen
Der Vogelsang erschallt.

Da will er sie erwecken,
Daß sie die Freude hör',
Er schaut zu ihr hinüber
Und findet sie nicht mehr.

Ein Schwälblein strich vorüber
Und netzte seine Brust,
Woher, wohin geflogen,
Das hat kein Mensch gewußt.

Der Knabe liegt im Kahne,
Läßt alles Rudern sein,
Und treibet weiter, weiter
Bis in die See hinein.

Ich schwamm im Meeresschiffe
Aus fremder Welt einher
Und dacht' an Lieb und Leben
Und sehnte mich so sehr.

Ein Schwälbchen flog vorüber,
Der Kahn schwamm still einher,
Der Fischer sang dies Liedchen,
Als ob ich's selber wär.

Der Schiffer im Kahne.

(1802.)

Am Rheine schweb' ich her und hin
Und such' den Frühling auf,
So schwer mein Herz, so leicht mein Sinn,
Wer wiegt sie beide auf?

Die Berge drängen sich heran
Und lauschen meinem Sang,
Sirenen schwimmen um den Kahn,
Mich grüßt der Echo Klang.

Sirenen tauchen in die Flut,
Mich fängt nicht Lust, nicht Spiel,
Aus Wassers Kühle trink' ich Glut
Und dringe heiß zum Ziel.

O klinge nicht, du Wiederklang,
O Berge, kehrt zurück,
Ganz einsam singt mein Cithersang
Ein heimlich Liebesglück!

O wähnend Lieben, Liebeswahn,
Allmächtiger Magnet,
Spann einen Schwan an meinen Kahn,
Der stets nach Süden geht.

O Ziel so nah, o Ziel so fern,
Ich hole dich noch ein,
Die Frommen führt der Morgenstern
Ja auch zur Liebe ein!

Geweihtes Kind, so nenn' ich dich,
Du blühest mir mein Los,
Süß Blümlein, ach, erkenne mich
Und fall in meinen Schoß!

In Frühlingsauen sah mein Traum
Dich, Glockenblümlein, stehn,
Vom blauen Kelch, zum goldnen Saum
Hab' ich zu viel gesehn.

Du blauer Liebeskelch, in dich
Sank all mein Frühling hin,
Umdufte mich, vergifte mich,
Weil ich dein eigen bin.

Und schließest du den Kelch mir zu,
Wie Blumen abends thun,
So lasse mich die letzte Ruh'
Zu deinen Füßen ruhn.

So sang zu einem schönen Kind
Ein Schiffer auf dem Rhein,
Da trieb ihn schnell der Wispelwind
Ins Bingerloch hinein!

O kühler Wald!

(1802.)

O kühler Wald,
Wo rauschest du,
In dem mein Liebchen geht?
O Wiederhall,
Wo lauschest du,
Der gern mein Lied versteht?

O Wiederhall!
O sängst du ihr
Die süßen Träume vor,
Die Lieder all,
O bring sie ihr,
Die ich so früh verlor! —

Im Herzen tief,
Da rauscht der Wald,
In dem mein Liebchen geht,
In Schmerzen schlief
Der Wiederhall,
Die Lieder sind verweht.

Im Walde bin
Ich so allein,
O Liebchen, wandre hier,
Verschallet auch
Manch Lied so rein,
Ich singe andre dir!

Wenn ich ein Bettelmann wär'.

Wenn ich ein Bettelmann wär',
Käm' ich zu dir,
Säh' dich gar bittend an,
Was gäbst du mir? —

Der Pfennig hilft mir nicht,
Nimm ihn zurück,
Goldner als golden glänzt
Allen dein Blick.

Und, was du allen giebst,
Gebe nicht mir;
Nur was mein Aug' begehrt,
Will ich von dir.

Bettler, wie helf' ich dir? —
Sprächst du nur so,
Dann wär' im Herzen ich
Glücklich und froh!

Läufst auf dein Kämmerlein,
Holst ein Paar Schuh,
Die sind mir viel zu klein,
Sieh einmal zu. —

Sieh nur, wie klein sie sind,
Drücken mich sehr;
Jungfrau, süß lächelst du,
O gieb mir mehr!

Wie sich auch die Zeit will wenden.

(1803.)

Wie sich auch die Zeit will wenden, enden
Will sich nimmer doch die Ferne,
Freude mag der Mai mir spenden, senden
Möcht' dir alles gerne, weil ich Freude nur erlerne,
Wenn du mit gefalt'nen Händen
Freudig hebst der Augen Sterne.

Alle Blumen mich nicht grüßen, süßen
Gruß nehm' ich von deinem Munde.
Was nicht blühet dir zu Füßen, büßen
Muß es bald zur Stunde, eher ich auch nicht gesunde,
Bis du mir mit frohen Küssen
Bringest meines Frühlings Kunde.

Wenn die Abendlüfte wehen, sehen
Mich die lieben Vöglein kleine
Traurig an den Linden stehen, spähen,
Wen ich wohl so ernstlich meine, daß ich helle Thränen
                                        meine,
Wollen auch nicht schlafen gehen,
Denn sonst wär' ich ganz alleine.

Vöglein, euch mag's nicht gelingen, klingen
Darf es nur von ihrem Sange,
Wie des Maies Wonneschlingen singen
Alles ein in neuem Zwange; aber daß ich dein verlange,
Und du mein, mußt du auch singen,
Ach, das ist schon ewig lange!

Am Berge, hoch in Lüften!

(1803.)

Am Berge, hoch in Lüften,
Da baute er sein Haus;
Am Thore liegt Gewitter,
Nun kann er nicht hinaus.
Die Wolken, sie wollen nicht ziehen,
Der Pfad ist steil und schwer.
„O Lieber, Herzlieber in Lüften,
O wenn ich bei dir wär'!

„Wohl bei dir über Wolken,
Wohl bei dir über Wind,
Wo fromme Vöglein schweben
In Himmelsluft so lind.
Meine Flüglein, die sind mir gebrochen
Und heilen auch nicht eh',
Bis ich zu dem Herzliebsten
Durch Thür und Thor eingeh'.“

„„Daß ich so stolz in Lüften
Mein Haus gebauet hab',
Das muß mich gar betrüben,
Ich kann nicht mehr hinab;
Die Riegel sind alle verrostet,
Die Thore, sie gehen so schwer,
O Liebchen, Herzliebchen im Thale,
O wenn ich bei dir wär'! ·

„„Wohl bei dir in dem Garten,
Wohl bei dir in dem Wald,
Wo dichte Bäume stehen
Und Vogelsang erschallt.
Kann keinen Kranz mehr flechten
Und singen auch nicht eh',
Bis ich zu dir, Herzliebste,
Durch Flur und Wald eingeh'.""

Sie dringt wohl durch die Wolken,
Geht ein durch Thür und Thor,
Die Flüglein schnell ihr heilen
Und heben sie empor;
Wohl über die Wolken und höher,
Zu Gott wohl in die Höh',
Trägt sie das treue Herze:
„Ade, Herzlieber, Ade!" —

Er dringt wohl durch die Wolke,
Geht ein durch Flur und Wald,
Ein Kranz wird ihm geflochten,
Ein Lied ihm auch erschallt.
Wohl unter dem Baum und wohl tiefer,
Wohl unter grünem Klee,
Ruht nun sein stolzes Herze:
„Ade, Herzliebste, Ade!"

Scheidelied.

(1803.)

————

Wohl über die Heide geht ein Weg,
Wo sich die Liebchen scheiden:
Ein Hüttchen steht am Scheideweg,
Gebaut von Trauerweiden.

Und an der Hütte ein Bächlein rinnt,
Lieb Äuglein heißt die Quelle,
Da steht ein Blümchen treu und sinnt,
Und kann nicht von der Stelle.

Und wer das Blümchen liebend bricht,
Dem muß das Herz auch brechen,
Das Blümchen spricht: „Vergiß mein nicht!“
Ich muß es nach ihm sprechen.

Vergiß mein nicht! du treues Herz,
Bleib treu mir in der Ferne,
Ohn' dich ist alle Freude Schmerz,
Ohn' dich sind dunkel die Sterne.

Der Himmel ist so trüb und still,
Die Sonne kann nicht scheinen;
Ach, wenn ich von dir singen will,
So kann ich nicht vor Weinen!

O lieber Gott; sprich ihr ins Herz,
Sprecht ihr von mir, ihr Sterne,
Und blickt mein Liebchen himmelwärts,
So sei sie mir nicht ferne!

Oft sah ich die Sonne steigen!

Oft sah ich die Sonne steigen
Zu des Berges höchstem Rand,
Und sich liebend abwärts neigen
In ein fremdes fernes Land.

Auf der Höhe blieb sie stehen
Und hat scheidend mir vertraut:
Nie wirst du mich wieder sehen,
Denn ich bin des Mondes Braut.

Schrecken wollte mich versteinen,
Wie sie mir den Abschied bot,
Doch sie lehrte mich noch weinen,
Eh' sie schied im Abendrot.

Wie die Thränen niederflossen,
Blühte Ruhe mir herauf,
Und in Herzenstiefe schlossen
Sich mir Liebesschätze auf.

Auf des Abendmeeres Wellen
Sah ich goldne Schiffe gehn,
Sehnsucht will die Segel schwellen,
Phantasie das Steuer drehn.

Was werd' ich vom Schiff empfangen,
Trägt's den Bräutigam heran,
Bringt es Perlen, goldne Spangen,
Segelnd durch der Wellen Bahn?

Doch die Fluten ernster dunkeln,
Purpurn rötet sich die Flut,
Goldnes Dachwerk seh' ich funkeln,
Das auf Saphirsäulen ruht.

Phantasie steht auf den Stufen
Und blickt bittend nach mir hin,
Scheinet lockend mich zu rufen,
Bietend herrlichen Gewinn!

Mägdlein, schlag die Augen nieder.

(1804.)

Mägdlein, schlag die Augen nieder!
Blicke, die zu heftig steigen,
Plaudern alles fälschlich wieder,
Was die Lippen zart verschweigen.

Mägdlein, woll' die Augen senken
Nach dem Schlüssel an der Erde,
Sie wird ihn der Demut schenken,
Daß der Himmel offen werde.

Mägdlein, laß die Wimper sinken;
Wenn die Blumen aufwärts sehen,
Deinem Blick herab zu winken,
Wolle nicht vorüber gehen.

Mägdlein, nicht die Augen hebe
Allzuoft und wild und schnelle,
Daß dein Blick den Himmel gebe
Einem nur an rechter Stelle.

Mägdlein, wer hernieder blicket,
Der hat wohl sein Herz erbauet,
Der hat schon sein Haus beschicket,
Eh' er sich der Welt vertrauet.

Mägdlein, hast du keinen Spiegel,
Der dich in dich selber scheinet,
Deine Augen sind zwei Siegel,
Denen ganz dein Heil versteinet.

Mägdlein, senktest du die Augen,
Den Endymion zu wecken,
Würdest du zu lieben taugen,
Und nun taugst du nur zum Necken.

Mägdlein, woll' zur Erde sehen,
Lasse deine Augen weiden,
Und sie werden auferstehen
Und dich wie zwei Sterne kleiden.

Mägdlein, diese Augensterne
Magst du dann dem Himmel weihen;
Daß die Erde lieben lerne,
Mußt du ihr die Augen leihen!

Nach Sevilla!

(1804.)

Nach Sevilla, nach Sevilla!
Wo die hohen Prachtgebäude
In den breiten Straßen stehen,
Aus den Fenstern reiche Leute,
Schön geputzte Frauen sehen,
Dahin sehnt mein Herz sich nicht!

Nach Sevilla, nach Sevilla!
Wo die letzten Häuser stehen,
Sich die Nachbarn freundlich grüßen,
Mädchen aus dem Fenster sehen,
Ihre Blumen zu begießen,
Ach, da sehnt mein Herz sich hin!

In Sevilla, in Sevilla!
Weiß ich wohl ein reines Stübchen,
Helle Küche, stille Kammer,
In dem Hause wohnt mein Liebchen,
Und am Pförtchen glänzt ein Hammer.
Poch' ich, geht ein Fenster auf!

Wenn die Sonne weggegangen!

Wenn die Sonne weggegangen,
Kommt die Dunkelheit heran,
Abendrot hat goldne Wangen,
Und die Nacht hat Trauer an.

Seit die Liebe weggegangen,
Bin ich nun ein Mohrenkind,
Und die roten, frohen Wangen,
Dunkel und verloren sind.

Dunkelheit muß tief verschweigen
Alles Wehe, alle Lust;
Aber Mond und Sterne zeigen,
Was mir wohnet in der Brust.

Wenn die Lippen dir verschweigen
Meines Herzens stille Glut,
Müssen Blick' und Thränen zeigen,
Wie die Liebe nimmer ruht!

Ich wollt' ein Sträußlein binden.

(1804.)

Ich wollt' ein Sträußlein binden,
Da kam die dunkle Nacht,
Kein Blümlein war zu finden,
Sonst hätt' ich dir's gebracht.

Da flossen von den Wangen
Mir Thränen in den Klee,
Ein Blümlein aufgegangen
Ich nun im Garten seh'.

Das wollte ich dir brechen
Wohl in dem dunkeln Klee,
Doch fing es an zu sprechen:
„Ach, thue mir nicht weh!

„Sei freundlich in dem Herzen,
Betracht dein eigen Leid,
Und lasse mich in Schmerzen
Nicht sterben vor der Zeit!"

Und hätt's nicht so gesprochen,
Im Garten ganz allein,
So hätt' ich dir's gebrochen,
Nun aber darf's nicht sein.

Mein Schatz ist ausgeblieben,
Ich bin so ganz allein.
Im Lieben wohnt Betrüben,
Und kann nicht anders sein.

Der Spinnerin Lied.

(1818.)

Es sang vor langen Jahren
Wohl auch die Nachtigall,
Das war wohl süßer Schall,
Da wir zusammen waren.

Ich sing' und kann nicht weinen,
Und spinne so allein
Den Faden klar und rein,
Solang' der Mond wird scheinen.

Da wir zusammen waren,
Da sang die Nachtigall,
Nun mahnet mich ihr Schall,
Daß du von mir gefahren.

So oft der Mond mag scheinen,
Gedenk' ich dein allein,
Mein Herz ist klar und rein,
Gott wolle uns vereinen.

Seit du von mir gefahren,
Singt stets die Nachtigall,
Ich denk' bei ihrem Schall,
Wie wir zusammen waren.

Gott wolle uns vereinen,
Hier spinn' ich so allein,
Der Mond scheint klar und rein,
Ich sing' und möchte weinen!

Als mir dein Lied erklang!
(Prag. 1813.)

Dein Lied erklang, ich habe es gehört,
Wie durch die Rosen es zum Monde zog,
Den Schmetterling, der bunt im Frühling flog,
Hast du zur frommen Biene dir bekehrt!
Zur Rose ist mein Drang,
Seit mir dein Lied erklang!

Dein Lied erklang, die Nachtigallen klagen,
Ach, meiner Ruhe süßes Schwanenlied
Dem Mond, der lauschend von dem Himmel sieht,
Den Sternen und den Rosen muß ich's klagen,
Wohin sie sich nun schwang,
Der dieses Lied erklang!

Dein Lied erklang, es war kein Ton vergebens,
Der ganze Frühling, der von Liebe haucht,
Hat, als du sangest, nieder sich getaucht
Im sehnsuchtsvollen Strome meines Lebens,
Im Sonnenuntergang,
Als mir dein Lied erklang!

Zorn und Liebe.

(1813.)

O Zorn! du Abgrund des Verderbens,
Du unbarmherziger Thrann,
Du frißt und tötest ohne Sterben
Und brennest stets von neuem an;
Wer da gerät in deine Haft,
Gewinnt der Hölle Eigenschaft.

Wo ist, o Liebe, deine Tiefe,
Der Abgrund deiner Wunderkraft?
O, wer an deiner Quell' entschliefe,
Der hätte Gottes Eigenschaft;
O wer, o Lieb', in deinem Meer
Gleich einem Tropfen sich verlör'!

Der Epheu.

O wie ist der Epheu treu!
Kann er sich nicht selbst erheben,
Kann er gleich den Wein nicht geben,
Kann er doch so liebend ranken
An den Armen, an den Kranken,
Auf zum wahren Weinstock streben!

O wie ist der Epheu gut!
Wo er nur ein bißchen ruht,
Gleich die Würzelchen fest klammern,
Daß die Trennung ihn muß jammern!

O wie ist der Epheu treu!
Wenn die Grabesurne bricht,
Läßt sie doch der Epheu nicht;
Bindet um die Asche fest die Scherben,
Denn getrennet muß er sterben!

O wie ist der Epheu zäh!
Von der Wurzel losgeschnitten,
Werden Wurzeln seine Zweige,
Daß er nie von jenem weiche,
Was er einmal hat umarmt!

O wie ist der Epheu sinnend!
Und das, was er sinnet, minnend:
Wer trennt mich von meiner Liebe,
Um das Kreuz schlingt er die Triebe,
In der Wüste lag ein Stein
So allein, allein, allein!

Kam der Epheu zäh und kraus,
Baute drum ein grünes Haus.
Immergrün ist er geblieben,
Sollte ihn der Stein nicht lieben!

Dank.

Wenn ich über die Flur hinschaue,
Wo mein liebstes Leben blüht,
Werden trunken in dem Taue
Meine Augen niemals müd'.

Wenn mir auch kein Gräschen winket,
Auch kein einzig Blümchen nickt,
Doch mein Herz den Frieden trinket,
Der aus allen schweigend blickt.

Diese wundersüße Stille
Wieget mir die Stürme ein,
Und es schweiget selbst mein Wille,
Denn ich kann nicht besser sein.

Und die Seele geht mir unter,
Staunend vor der Gottesmacht,
Daß ein solches Himmelswunder
In dem armen Leibe wacht.

Kind, du hast mich erst gelehret,
Wie ein Leib so heilig ist,
Daß ihn selbst für uns begehret
Unser lieber heil'ger Christ.

Wiegenlied eines jammernden Herzens.
(Januar 1817.)

O schweig nur, Herz! die drohende Sibylle,
Die dir durch deinen Frieden Wehe! kreischt,
Den grimmen Geier, der dich so zerfleischt,
Bannt dir ein mildes Kind und deckt ganz stille
Die schrei'nde Wunde dir mit Taubenflügeln,
Weckt dir den Morgenstern auf stummen Hügeln.

O schweig nur, Herz! Horch! Klang von Engelschwingen!
Was zuckst du so? du mußt fein leise thun,
Wo man dir singet: „Wie so sanft sie ruhn,
Die Seligen," dahin wird man dich bringen;
Sei still! was schreist du? einsam ist kein Leben,
Kein Grab; schlaf süß; die Liebste träumt daneben!

O schweig nur, Herz! du hast ja nichts besessen,
Du läßt ja nichts zurück, wem trauerst du?
Auch deines Himmels Augen fallen zu,
Doch seiner Liebe Licht strahlt ungemessen;
Brichst du, bricht jenes Herz? wer bleibt, wird sagen:
O schönre Lust, halb hier, halb dort zu schlagen!

O schweig nur, Herz! du magst wohl selig schweigen,
Was schreist du nur! dir fiel ein süßes Los,
Dich wiegt die Unschuld ohne Grau'n im Schoß,
Aus tiefen Augen blickt dein Himmelszeichen;
Sei ihr nicht schwer, sei selig, träume, schwebe,
Wein' um die Traube nicht, wein' mit der Rebe!

O schweig nur, Herz! sonst nennt dich einen Raben
Die Liebste, die nur Tauben Futter giebt,
O diene still und treu, bis sie dich liebt,
Werd' eine Taube, die nur will sie haben;
O selig, ihr als Taube zu gehören,
Solang' sie sich der Raben wird erwehren!

O schweig nur, Herz! und lerne sel'ger schauen,
Als andre, in die Huld, die sie umgiebt,
Daß sie dir mehr als allen andern giebt,
Das zwinge sie, dir stumm einst zu vertrauen;
Schweig, dulde, glaube, hoffe, liebe, baue
Dein Elend fromm, daß sie dir ganz vertraue!

Schweig, Herz! kein Schrei!

Schweig, Herz! kein Schrei!
Denn alles geht vorbei!
Doch daß ich auferstand
Und wie ein Irrstern ewig sie umrunde,
Ein Geist, den sie gebannt,
Das hat Bestand!

Ja alles geht vorbei,
Nur dieses Wunderband,
Aus meines Wesens tiefstem Grunde,
Zu ihrem Geist gespannt,
Das hat Bestand!

Ja alles geht vorbei,
Doch ihrer Güte Pfand,
Jed' Wort aus ihrem lieben frommen Munde,
Folgt mir ins andre Land
Und hat Bestand!

Ja alles geht vorbei!
Doch sie, die mich erkannt,
Den Harrenden, wildfremd an Ort und Stunde,
Ging nicht vorbei, sie stand,
Reicht mir die Hand!

Ja alles geht vorbei!
Nur eines ist kein Tand,
Die Pflicht, die mir aus seines Herzens Grunde
Das linde Kind gesandt,
Die hat Bestand!

Ja alles geht vorbei!
Doch diese liebe Hand,
Die ich in tiefer, freudenheller Stunde
An meinem Herzen fand,
Die hat Bestand!

Ja alles geht vorbei!
Nur dieser heiße Brand
In meiner Brust, die bittre süße Wunde,
Die linde Hand verband,
Die hat Bestand!

Einsam will ich untergehn!

(25. August 1817.)

———

Einsam will ich untergehn!
Keiner soll mein Leiden wissen;
Wird der Stern, den ich gesehn,
Von dem Himmel mir gerissen,
Will ich einsam untergehn,
Wie ein Pilger in der Wüste!

Einsam will ich untergehn,
Wie ein Pilger in der Wüste!
Wenn der Stern, den ich gesehn,
Mich zum letzten Male grüßte,
Will ich einsam untergehn,
Wie ein Bettler auf der Heide!

Einsam will ich untergehn,
Wie ein Bettler auf der Heide!
Giebt der Stern, den ich gesehn,
Mir nicht weiter das Geleite,
Will ich einsam untergehn,
Wie der Tag im Abendgrauen!

Einsam will ich untergehn,
Wie der Tag im Abendgrauen!
Will der Stern, den ich gesehn,
Nicht mehr auf mich niederschauen,
Will ich einsam untergehn,
Wie ein Sklave an der Kette!

Einsam will ich untergehn,
Wie ein Sklave an der Kette!
Scheint der Stern, den ich gesehn,
Nicht mehr auf mein Dornenbette,
Will ich einsam untergehn,
Wie ein Schwanenlied im Tode!

Einsam will ich untergehn,
Wie ein Schwanenlied im Tode'!
Ist der Stern, den ich gesehn,
Mir nicht mehr ein Friedensbote,
Will ich einsam untergehn,
Wie ein Schiff in wüsten Meeren!

Einsam will ich untergehn,
Wie ein Schiff in wüsten Meeren!
Wird der Stern, den ich gesehn,
Jemals weg von mir sich kehren,
Will ich einsam untergehn,
Wie der Trost in stummen Schmerzen!

Einsam will ich untergehn,
Wie der Trost in stummen Schmerzen!
Soll der Stern, den ich gesehn,
Jemals meine Schuld verscherzen,
Will ich einsam untergehn,
Wie mein Herz in deinem Herzen!

Ich muß das Elend tragen!

Ich muß das Elend tragen,
Du mußt es sehn,
Wie mich die Geißeln schlagen,
Es ist durch dich geschehn.

Ich bin zerfleischt von Ruten
Um deinetwill,
Es muß mein Herz verbluten,
Schau zu, bald wird es still.

Du pflegst mir oft die Wunden
Mit milder Hand,
Und reiß'st, eh' sie gesunden,
Mir wieder den Verband.

Das mindert mir die Sinne —
Ich denk' nicht mehr,
Als daß sie Schmerzen spinne
Und ich der Faden wär'.

Daß sie das Tuch einst webet
Aus meinem Schmerz,
Und ach! das Schifflein schwebet
Mir schneidend durch das Herz.

Ich werd' hinaus geführet,
Steh' an dem Pfad:
So dich mein Elend rühret,
Ach, gieb für Recht mir Gnad'!

Es wird ein Tag einst kommen,
Schon naht er dir,
Da wird von dir vernommen,
Was du gehabt an mir.

Da wirst du niederweinen
In deinen Schoß,
Da werd' ich dir erscheinen
Mit meinem armen Los.

Da wirst du stille sprechen:
Herr, ihn erlös'!
Sein Herz konnt' liebend brechen,
Ach nein, er war nicht bös!

Ach, wie er mich geliebet,
Verstand ich nicht,
Noch wie er mir geübet
So bitter schwere Pflicht!

Die Abendwinde wehen!

Die Abendwinde wehen,
Ich muß zur Linde gehen,
Muß einsam weinend stehen,
Es kommt kein Sternenschein;
Die kleinen Böglein sehen
Betrübt zu mir und flehen,
Und wenn sie schlafen gehen,
Dann wein' ich ganz allein!
   „Ich hör' ein Sichlein rauschen,
   Wohl rauschen durch den Klee,
   Ich hör' ein Mägdlein klagen
   Von Weh, von bitterm Weh!"

Ich soll ein Lied dir singen,
Ich muß die Hände ringen,
Das Herz will mir zerspringen
In bittrer Thränenflut,
Ich sing' und möchte weinen,
Solang' der Mond mag scheinen,
Sehn' ich mich nach der Einen,
Bei der mein Leiden ruht!
   „Ich hör' ein Sichlein rauschen 2c."

Mein Herz muß nun vollenden,
Da sich die Zeit will wenden;
Es fällt mir aus den Händen
Der letzte Lebenstraum.
Entsetzliches Verschwenden,
In allen Elementen
Mußt' ich den Geist verpfänden,
Und alles war nur Schaum!
   „Ich hör' ein Sichlein rauschen ꝛc."

Was du mir hast gegeben,
Genügt ein ganzes Leben
Zum Himmel zu erheben;
O sage, ich sei dein!
Da kehrt sie sich mit Schweigen
Und giebt kein Lebenszeichen,
Da mußte ich erbleichen,
Mein Herz ward wie ein Stein.
   „Ich hör' ein Sichlein rauschen ꝛc."

Heb', Frühling, jetzt die Schwingen,
Laß kleine Vöglein singen,
Laß Blümlein aufwärts bringen,
Süß Lieb geht durch den Hain.
Ich mußt' mein Herz bezwingen,
Muß alles niederringen,
Darf nichts zu Tage bringen,
Wir waren nicht allein!
   „Ich hör' ein Sichlein rauschen ꝛc."

Wie soll ich mich im Freien
Am Sonnenleben freuen,
Ich möchte laut aufschreien,
Mein Herz vergeht vor Weh!
Daß ich muß alle Thränen,
All Seufzen und all Sehnen
Von diesem Bild entlehnen,
Dem ich zur Seite geh'!
   „Ich hör' ein Sichlein rauschen 2c."

Wenn du von deiner Schwelle
Mit deinen Augen helle,
Wie letzte Lebenswelle,
Zum Strom der Nacht mich treibst,
Da weiß ich, daß sie Schmerzen
Gebären meinem Herzen
Und löschen alle Kerzen,
Daß du mir leuchtend bleibst!
   „Ich hör' ein Sichlein rauschen,
   Wohl rauschen durch den Klee,
   Ich hör' ein Mägdlein klagen
   Von Weh, von bitterm Weh!"

Text zum Oratorium von Ett.

Sie haben allerlei gesungen,
Und alles war ein einzig Lied,
Vom Zauberknoten süß verschlungen
Aus Huld und Reiz, von Glied zu Glied.

Von allem hab' ich nichts gehöret,
Als deines Kindesherzens Schlag,
An dem von Tönen ungestöret
Süß träumend meine Seele lag.

Ich hörte nur von Myrten säuselnd,
Von Lilien, die mir zugenickt,
Von Wölkchen um den Mond hinkräuselnd,
Von Sternen, die mich angeblickt.

Ich hörte nur: „Süß ist die Linde,
Schlank ist das Reh, blank ist der Fisch,
Das Seelchen gaukelt in dem Kinde,
Ein Nymphchen in dem Waldquell frisch."

Was süß sich in den Tönen wieget,
Was sehnet, seufzet, ringt und schwingt,
Ist all die Liebe, die sich schmieget,
Wenn sie der Augenblick umschlingt.

Es weben all die Wundertöne
Nur einen einzigen Accord:
Süß ist süß' Lieb', sie ist das schöne,
Das linde, liebe, wahre Wort.

In ihr wird jeder Mangel Zierde
Und jede Armut Überfluß,
Ein Kinderseelchen der Begierde
Schwebt leis in ihres Odems Kuß.

Wie lieblich war es heut' zu schauen
Das reine, feine Wunderbild,
So schwebt die Elfe durch die Auen
Und trägt ein Rosenblatt als Schild.

Wer hat so süß sie ausgerüstet
Wie Ambra, Perl' und Elfenbein,
Wer hat ihr Herz so fein gebrüstet,
Ein Wiegenbett der Engelein.

Wer schwang so rein das schlanke Hüftchen,
Wer zog die Anmut bis zum Fuß,
Wer trägt sie, wie auf Frühlingslüftchen
Die Sehnsucht trägt der Liebe Gruß?

Wer wieget ihr das kluge Köpfchen
Gleich Blumen an der Quelle Saum,
Wer flocht ihr in die schwarzen Zöpfchen
Den leichten, milden Kindertraum?

Wer hat dies holde Kind geschmücket?
Wer hat zu ihm sich hingeblickt?
Wer hat es an sein Herz gedrücket?
Der süße Gott, der mich entzückt!

Blumen, still blühende!

Blumen, still blühende,
Rosen, heiß glühende,
Lilien, rein kühlende,
Veilchen, tief fühlende —
Blumen und Kräuter ihr,
Kommt zu der Lieben hier,
Den Kranz erfinden wir,
Mit Glanz umwinden wir,
Was mich entzückt!

Vögel, ihr schwingenden,
Ferne durchdringenden,
Sehnenden, ringenden,
Gruß und Kuß bringenden —
Kommt Frühlingskinder ihr,
Kommt zu der Lieben hier,
Ein Lied entzünden wir,
Freudig verkünden wir,
Was mich beglückt!

13*

Quellen, ihr rinnenden,
Sterne, ihr sinnenden;
Von Minn' zu Minnenden,
Strahlen hin spinnenden,
Um so begrüßter mir,
Als Freud=Geschwister ihr,
Ins Lindendüster hier
Webt das Geflüster mir,
Zu Frühlingsmut!

Liebe, die leibt und lebt,
Liebe, die treibt und webt,
Liebe, die rankt und rebt,
Lieb', die verlangt und strebt,
Kind mit der Binde, ich,
Find' bei der Linde dich,
Bind', daß erblinde ich,
Lindernd entzünde mich
In Maies Glut.

Wo schlägt ein Herz, das bleibend fühlt?

Wo schlägt ein Herz, das bleibend fühlt?
Wo ruht ein Grund, nicht stets durchwühlt?
Wo strahlt ein See, nicht stets durchspült?
Ein Mutterschoß, der nie erkühlt?
Ein Spiegel, nicht für jedes Bild —
Wo ist ein Grund, ein Dach, ein Schild,
Ein Himmel, der kein Wolkenflug,
Ein Frühling, der kein Vögelzug,
Wo eine Spur, die ewig treu,
Ein Gleis, das nicht stets neu und neu?
Ach, wo ist Bleibens auf der Welt,
Ein redlich, ein gefriedet Feld,
Ein Blick, der hin und her nicht schweift,
Und dies und das, und nichts ergreift,
Ein Geist, der sammelt und erbaut —
Ach, wo ist meiner Sehnsucht Braut?
Ich trage einen treuen Stern,
Und pflanzt' ihn in den Himmel gern,
Und find' kein Plätzchen tief und klar,
Und keinen Felsgrund zum Altar;
Hilf suchen, Süße, halt, o halt!
Ein jeder Himmel leid't Gewalt.

Ich weiß wohl, was dich bannt in mir!

„Ich weiß wohl, was dich bannt in mir,
Die Lebensglut in meiner Brust,
Die süße zauberhafte Zier
Der bangen tiefgeheimen Lust,
Die aus mir strahlet, ruft zu dir."
Schließ mich in einen Felsen ein,
Ruft doch dein Herz durch Mark und Bein:
„Komm, lebe, liebe, stirb an mir!"
Leg diesen Fels dir auf die Brust,
　　　Du mußt, du mußt!

Abendständchen.

(1803.)

Hör, es klagt die Flöte wieder,
Und die kühlen Brunnen rauschen,
Golden wehn die Töne nieder;
Stille, stille, laß uns lauschen!

Holdes Bitten, mild Verlangen,
Wie es süß zum Herzen spricht;
Durch die Nacht, die mich umfangen,
Blickt zu mir der Töne Licht.

Der Schiffer und die Sirene.

(1815.)

— — —

Der Schiffer.

Zur Stunde, die in Sehnsucht zagt,
Dem Schiffer tief das Herz beweget,
Den Freunden heut' Lebwohl gesagt
Und Liebe in dem Pilger reget,
Hört' er, wie ferne Abendglockenklänge scheinen
Den Tag, den sterbenden, wehklagend zu beweinen.

Da ward mein Herz so schwer, so schwer,
Ich schiffte einsam auf den Wogen,
Da hat dein Lied vom Felsen her
Mich in die Brandung hingezogen.
Sirenen=Kind, ich mußt' an deinen Klippen stranden,
Mich lockten Flammen, die auf deinen Lippen brannten!

Ich drang zu dir, ich rang zu dir,
Du Unerkannte, Tiefverwandte,
Du wichst vor mir, du schlichst zu mir,
Und legtest mich gebannt in deine Bande,
Da sank dein schlummernd Haupt an meines Herzens
                                        Wunde
Und flüsterte dein heimlich Lied aus blüh'ndem Munde!

Sirene.

„Ach, hätt' ich doch kein Schiff erblickt,
Ach, wär' ich länger einsam blieben,
Die Sehnsucht hat mir's hergeschickt,
Mein Sehnen hat mir's zugetrieben.
Die arme Liebe ruht mir selig in den Armen,
Armselige, du träumst, dich wieget mein Erbarmen!

„Wen ich könnt' lieben, hab' ich nicht;
Der heiß mich liebt, ist nur mein eigen,
Und meiner Liebe heimlich Licht
Kann seiner Glut nur Mitleid zeigen.
Den Sternen send' ich meiner eignen Sehnsucht Qualen,
Die Lichtes Küsse mir zu meinen Lilien strahlen!

„Ein Fruchtbaum, ganz von Früchten schwer,
Senkt seinen Himmel zu der Erden;
Kömmt stark ein Sturm von Osten her,
Kann er nicht froh erschüttert werden;
Er schüttelt ab die Früchte und die schwachen Blüten
Und meine Träume, die mir nachts so heilig glühten!

„Der heiße Tag kühlt sich am Mond,
Doch Meer und Blut hat Flut und Ebbe,
Kein Friede je der Liebe lohnt,
Trägt andrer Sehnsucht sie die Schleppe.
Weh! träum' ich Liebe, muß den süßen Traum ich hassen,
Denn ungeliebte Liebe kann mich nicht mehr lassen!"

Der Schiffer.

So sang das Kind, ich hörte zu
Und fleh': „Laß dich durch mich nicht stören,
Mich singt dein Lied zur ew'gen Ruh',
Dir will ich ew'gen Frieden schwören,
Im letzten Augenblick sprichst du in Thränenbächen:
„Er liebte mich allein, bis Herz und Augen brechen!"

Die Blumen an Sie.

Als Sonnenfeuer sprühte
Und heiß der Sommer glühte
Und süß die Linde blühte
Und lieb die Turtel girrte
Und licht der Glühwurm schwirrte,
Sprach sterbend zu der Myrte
Das letzte Licht der Lilie:
„Geh mit der Leidfamilie
Und heiß Willkomm' Cäcilie.
Drum stehen hier gleich Kerzen
Wir Blumen, stumme Schmerzen
Aus einem kranken Herzen,
Und flehen um das Leben.
In unsern Kelchen beben;
Auf unsern Sternen schweben
Unsäglich tiefe Leiden;
Doch sind wir still bescheiden,
O, laß uns dir zur Seiten
Ganz linde und gelassen
Verblühen und verblassen,
O Jesus! ohne Hassen!

O Jesus! ohne Höhnen!
O Jesus! dich verschönen,
In dem wir uns versöhnen!
Der uns hat hergesendet,
Der hat ja bald vollendet,
Doch wir sind nicht verschwendet;
Wir stehen auf dem Grabe
Gleich einer Thränengabe;
Gleich einem schwachen Stabe
Des armen Thränenblinden,
Sein Ruheort zu finden,
Den letzten Kranz zu winden
Zu Füßen einer Linden,
Dem, der bald überwunden
Verblutend unverbunden
An tiefen, tiefen Wunden,
Drum laß in stummen Wehen
Uns leis' bei dir vergehen,
Es giebt ein Untergehen,
Es giebt ein Auferstehen,
Es giebt ein Wiedersehen,
Da wirst du uns verstehen!"

Am Ufer bin ich gangen!

Am Ufer bin ich gangen,
Sie schifften auf dem See,
Mein Herz war voll Verlangen,
Ich trug ein heimlich Weh;
Ein Weh, ein Weh zu sein
So ganz allein, allein, allein!

Ich hab' hinaus getragen
Mein Herz, und der es liebt,
Der muß zu Haus verzagen,
Der ist zum Tod betrübt,
Und hört' die Turtel schrein,
So ganz allein, allein, allein!

So ging ich wohl zwei Stunden,
Und ob ich sein gedacht
Nur wenige Sekunden,
Das hüll' ich in die Nacht
Des stummen Herzens ein
So ganz allein, allein, allein!

Es stürmt, der See schlägt Wellen,
Unheimlich saust der Wind,
Nie will ich mich gesellen,
Ich wirres, irres Kind,
Dem, der mich liebt mit Pein
So ganz allein, allein, allein!

Und sollt' er auch erblinden
In seiner Thränen Flut,
Nie will ich mich verbinden,
Dem ich am Herzen geruht;
Stirbt er, grabt mir ihn ein
So ganz allein, allein, allein!

Schon zittern ihm die Schmerzen
Um das gebrochne Herz,
Gleich stillen Totenkerzen:
Ich lass' ihn, reißt der Schmerz
Ihm gleich durch Mark und Bein
So ganz allein, allein, allein!

Es war sein ganzes Leben
Im bittern Weh verglüht,.
Da hab' ich ihn umgeben,
Da ist er neu erblüht;
Mein ist er, ich nicht sein.
Er ist allein, allein, allein!

Wohin, wohin mich wenden?
Ich armes Waiselein,
Von allen Felsenwänden
Hör' ich das Echo schrein:
„Arm Kind, o du mußt sein
So ganz allein, allein, allein!"

Die Quellen sich gesellen,
Die Vöglein zwei und zwei,
In Ufern gehn die Wellen,
Sein Echo hat mein Schrei,
Und ruft vom Felsenstein:
So ganz allein, allein, allein!

Viel bin ich umgezogen,
Hab' redlich angeblickt,
War liebevoll gewogen,
Hab' freundlich zugenickt!
Die Wahrheit ließ den Schein
So ganz allein, allein, allein!

Und wem ich bot zu trinken,
Der ward so schwer berauscht,
Er ließ den Becher sinken
Und hat ihn leicht vertauscht,
Den Zauberbecher mein,
So ganz allein, allein, allein!

Du einsam Kreuz am Pfade!
Scheu blicke ich hinan,
O süßer Herr der Gnade,
Blick doch dein Schäflein an!
Treib, treuer Hirt, mich ein
Bald, ganz allein, allein, allein!

Da spricht's: „Thu keinem andern,
Was dir nicht soll geschehn;
Willst du nicht einsam wandern,
So laß nicht einsam stehn,
Laß nicht, willst du nicht sein
So ganz allein, allein, allein!"

Will keiner mir begegnen
Auf diesem öden Pfad,
Soll ich die Welt gesegnen,
Verlassen am Gestad'?
Da schallt ein Tritt — es naht!
Wer ist's? — sein will ich sein
So ganz allein, allein, allein!

„Sag, lieber Wandrer, bist du's,
So biete mir gut' Zeit."
„Gelobt sei Jesus Christus!"
— „In alle Ewigkeit.
Ach ja! wenn es soll sein
So ganz allein, allein, allein!"

Dritte Abteilung.

Bilder.

~

Sternlein an dem Himmel.

Sternlein an dem Himmel,
Klar und rein,
Einst sah ich dich schimmern
Ganz allein.
Wenn ich auf der Schwelle
Abends stand,
Bald ich deine Stelle,
Sternlein, fand.

Gingst du auf und unter,
Freut' ich mich,
Dankte, süßes Wunder,
Gott für dich!
Jetzt bist du,
Warum denn? verschwunden,
Bist immer fort,
Wirst nicht mehr gefunden
Hier und dort!

Sprich aus der Ferne!

Sprich aus der Ferne,
Heimliche Welt,
Die sich so gerne
Zu mir gesellt!

Wenn das Abendrot niedergesunken,
Keine freudige Farbe mehr spricht,
Und die Kränze still leuchtender Funken
Die Nacht um die schattige Stirne flicht:
Wehet der Sterne
Heiliger Sinn
Leis' durch die Ferne
Bis zu mir hin!

Wenn des Mondes still lindernde Thränen
Lösen der Nächte verborgenes Weh,
Dann wehet Friede. In goldenen Kähnen
Schiffen die Geister im himmlischen See.
Glänzender Lieder
Klingender Lauf
Ringelt sich nieder,
Wallet hinauf!

14*

Wenn der Mitternacht heiliges Grauen
Bang durch die dunklen Wälder hinschleicht,
Und die Büsche gar wundersam schauen,
Alles sich finster, tiefsinnig bezeugt,
    Wandelt im Dunkeln
    Freundliches Spiel,
    Still Lichter funkeln
    Schimmerndes Ziel!

Alles ist freundlich wohlwollend verbunden,
Bietet sich tröstend und trauernd die Hand,
Sind durch die Nächte die Lichter gewunden,
Alles ist ewig im Innern verwandt.
    Sprich aus der Ferne,
    Heimliche Welt,
    Die sich so gerne
    Zu mir gesellt!

Die Seufzer des Abendwinds wehen!

(1801.)

Die Seufzer des Abendwinds wehen
So jammernd und bittend im Turm;
Wohl hör' ich um Rettung dich flehen,
Du ringst mit den Wogen, versinkest im Sturm!

Ich seh' dich am Ufer; es wallet
Ein trauerndes Irrlicht einher.
Mein liebendes Rufen erschallet,
Du hörest, du liebest, du stürzest ins Meer!

Ich lieb' und ich stürze verwegen
Dir nach in die Wogen hinab,
Ich komme dir sterbend entgegen,
Ich ringe, du sinkest, ich teile dein Grab.

Doch stürzt man den Stürmen des Lebens
Von neuem mich Armen nun zu.
Ich sinke; ich ringe vergebens;
Ach, nur in dem Abgrund des Todes ist Ruh'.

Da schwinden die ewigen Fernen,
Da endet kein Leben mit dir.
Ich kenn' deinen Blick in den Sternen,
Ach, sieh nicht so traurig, hab Mitleid mit mir!

Wenn der Sturm das Meer umschlinget!

(1801.)

Wenn der Sturm das Meer umschlinget,
Schwarze Locken ihn umhüllen,
Beut sich kämpfend seinem Willen
Die allmächt'ge Braut und ringet,

Küsset ihn mit wilden Wellen,
Blitze blicken seine Augen,
Donner seine Seufzer hauchen,
Und das Schifflein muß zerschellen.

Wenn die Liebe aus den Sternen
Niederblicket auf die Erde,
Und dein Liebstes Lieb' begehrte,
Muß dein Liebstes sich entfernen.

Denn der Tod kommt still gegangen,
Küsset sie mit Geisterküssen,
Ihre Augen dir sich schließen,
Sind im Himmel aufgegangen.

Rufe, daß die Felsen beben,
Weine tausend bittre Zähren,
Ach, sie wird dich nie erhören,
Nimmermehr dir Antwort geben!

Frühling darf nur leise hauchen.
Stille Thränen niedertauen,
Komme, willst dein Lieb' du schauen,
Blumen öffnen dir die Augen.

In des Baumes dichten Rinden,
In der Blumen Kelch versunken,
Schlummern helle Liebesfunken,
Werden bald den Wald entzünden.

In uns selbst sind wir verloren,
Bange Fesseln uns beengen,
Schloß und Riegel muß zersprengen,
Nur im Tode wird geboren.

In der Nächte Finsternissen
Muß der junge Tag ertrinken,
Abend muß herniedersinken,
Soll der Morgen dich begrüßen.

Wer rufet in die stumme Nacht?
Wer kann mit Geistern sprechen?
Wer steiget in den dunkeln Schacht,
Des Lichtes Blum' zu brechen?
Kein Licht scheint aus der tiefen Gruft,
Kein Ton aus stillen Nächten ruft!

An Ufers Ferne wallt ein Licht,
Du möchtest jenseits landen;
Doch fasse Mut, verzage nicht,
Du mußt erst diesseits stranden.
Schau still hinab, in Todes Schoß
Blüht jedes Ziel, fällt dir dein Los!

So breche dann, du tote Wand,
Hinab mit allen Binden;
Ein Zweig erblühe meiner Hand,
Den Frieden zu verkünden.
Ich will kein Einzelner mehr sein,
Ich bin der Welt, die Welt ist mein!

Vergangen sei vergangen
Und Zukunft ewig fern:
In Gegenwart gefangen
Verweilt die Liebe gern.

Und reicht nach allen Seiten
Die ew'gen Arme hin,
Mein Dasein zu erweiten,
Bis ich unendlich bin.

So tausendfach gestaltet,
Erblüh' ich überall,
Und meine Tugend waltet
Auf Berges Höh', im Thal.

Mein Wort hallt von den Klippen,
Mein Lied vom Himmel weht;
Es flüstern tausend Lippen
Im Haine mein Gebet!

Ich habe allem Leben
Mit jedem Abendrot
Den Abschiedskuß gegeben,
Und jeder Schlaf ist Tod.

Es sinkt der Morgen nieder,
Mit Fittichen so lind
Weckt mich die Liebe wieder,
Ein neugeboren Kind.

Und wenn ich einsam weine,
Und wenn das Herz mir bricht,
So sieh im Sonnenscheine
Mein lächelnd Angesicht.

Muß ich am Stabe wanken,
Schwebt Winter um mein Haupt,
Wird nie doch dem Gedanken
Die Glut und Eil' geraubt.

Ich sinke ewig unter,
Und steige ewig auf,
Und blühe stets gesunder
Aus Liebes-Schoß herauf.

Das Leben nie verschwindet,
Mit Liebesflamm' und Licht
Hat Gott sich selbst entzündet
In der Natur Gedicht.

Das Licht hat mich durchdrungen
Und reißet mich hervor;
Mit tausend Flammenzungen
Glüh' ich zur Glut empor.

So kann ich nimmer sterben,
Kann nimmer mir entgehn;
Denn um mich zu verderben,
Müßt' Gott selbst untergehn!

Lebensmüde.

— — —

Weste säuseln; silbern wallen
Locken um den Scheitel mir,
Meiner Harfe Töne hallen
Sanfter durch die Felsen hier.
Aus der ew'gen Ferne winken
Tröstend mir die Sterne zu.
Meine müden Augen sinken
Hin zur Erde, suchen Ruh'!

Bald, ach bald wird beßres Leben
Dieses müde Herz erfreun,
Und der Seele banges Streben
Ewig dann gestillet sein.
Schwarzer Grabesschatten dringet
Um den Thränenblick empor,
Aus des Todes Asche ringet
Schön're Hoffnung sich hervor!

Meines Kindes Klage lallet
Durchs Gewölbe dumpf und hohl,
Jdolmios Zunge lallet
Jammernd mir das Lebewohl
Zu der lang ersehnten Reise.
Senkt mich in der Toten Reih'n!
Klaget nicht; denn sanft und leise
Wird des Müden Schlummer sein.

Und du Gute nimmst die beiden
Mütterlich in deinen Arm,
Linderst meiner Tochter Leiden,
Lächelst weg des Knaben Harm.
Aus des Äthers lichter Ferne,
Blickt dann Trost der Geist euch zu.
Es umarmen sich zwei Sterne,
Und ihr Kuß giebt allen Ruh'.

Schwermut glänzt des Mondes Helle
In mein thränenloses Aug';
Schatten schweben durch die Zelle,
Seufzer lispeln, Geisterhauch
Rauschet bang' durch meine Saiten,
Horchend heb' ich nun die Hand,
Und es pochen, Trost im Leiden,
Totenuhren in der Wand.

Ist des Lebens Band mit Schmerz gelöset!

Ist des Lebens Band mit Schmerz gelöset,
Liegt der Körper ohne Blick, ohn' Leben,
Fremde Liebe weint, und er geneset.
Seine Liebe muß zum Himmel schweben,
Von dem trägen Leibe keusch entblößet,
Kann zu Gott der Engel sie erheben.
Und er hält sie mit dem Arm umfasset,
Schwebet höher, bis das Grab erblasset!

Ist er durchs Vergängliche gedrungen,
Kehrt die Seele in die Ewigkeit,
O, so ist dem Tod genug gelungen,
Und er stürzet rückwärts in die Zeit.
Um die Seele bleibet Wonn' geschlungen,
Alles giebt sich ihr, die alles beut,
Wird zum ew'gen Geben und Empfangen,
Kann des Wechsels Ende nie erlangen!

Die luftigen Musikanten.

(1801.)

Da sind wir Musikanten wieder,
Die nächtlich durch die Straßen ziehn,
Von unfren Pfeifen luft'ge Lieder
Wie Blitze durch das Dunkel fliehn. —
„Es brauset und sauset
Das Tamburin,
Es prasseln und rasseln
Die Schellen darin;
Die Becken hell flimmern
Von tönenden Schimmern,
Um Kling und um Klang,
Um Sing und um Sang
Schweifen die Pfeifen und greifen
Ans Herz
Mit Freud' und mit Schmerz!"

Die Fenster gerne sich erhellen,
Und brennend fällt uns mancher Preis,
Wenn wir uns still zusammen stellen
Zum frohen Werke in den Kreis.
    „Es brauset und sauset 2c."

An unsern herzlich frohen Weisen
Hat nimmer alt und jung genug,
Wir wissen alle hinzureißen
In unsrer Töne Zauberzug.
    „Es brauset und sauset 2c."

Schlug zwölfmal schon des Turmes Hammer,
So stehen wir vor Liebchens Haus,
Aus ihrem Bettchen in der Kammer
Schleicht sie und lauscht zum Fenster 'raus.
    „Es brauset und sauset 2c."

Bei stiller Liebe lautem Feste
Erquicken wir der Menschen Ohr,
Denn holde Mädchen, trunkne Gäste
Verehren unser klingend Chor.
    „Es brauset und sauset 2c."

Doch sind wir gleich den Nachtigallen,
Sie singen nur bei Nacht ihr Lied,
Bei uns kann es nur lustig schallen,
Wenn uns kein menschlich Auge sieht.
    „Es brauset und sauset 2c."

Die Tochter.

Ich habe meinen Freund verloren
Und meinen Vater schoß man tot,
Mein Sang ergötzet eure Ohren,
Und schweigend wein' ich auf mein Brot!
    „Es brauset und sauset 2c."

Die Mutter.

Ist's Nacht? ist's Tag? ich kann's nicht sagen,
Am Stabe führet mich mein Kind,
Die hellen Becken muß ich schlagen
Und ward von vielem Weinen blind!
    „Es brauset und sauset 2c."

Die beiden Brüder.

Ich muß die lust'gen Triller greifen,
Und Fieber bebt durch Mark und Bein,
Euch muß ich frohe Weisen pfeifen
Und möchte gern begraben sein!
    „Es brauset und sauset 2c."

Der Knabe.

Ich habe früh das Bein gebrochen,
Die Schwester trägt mich auf dem Arm,
Aufs Tamburin muß rasch ich pochen —
Sind wir nicht froh? daß Gott erbarm! —

„Es brauset und jauset
Das Tamburin,
Es prasseln und rasseln
Die Schellen drin;
Die Becken hell flimmern
Von tönenden Schimmern,
Um Kling und um Klang,
Um Sieg und um Sang
Schweifen die Pfeifen, und greifen
Ans Herz
Mit Freud' und mit Schmerz!"

Nachgefühl.

Wenn die Blumen wieder blühen,
Regt es sich im stillen Herzen;
Wenn die Rosen wieder glühen,
Fühl' ich tiefer Ahnung Schmerzen!

Thränen rinnen von den Wangen,
Meine Blicke muß ich senken,
Stiller Sehnsucht zart Verlangen
Faßt des Freundes Angedenken!

Ach, und Niemand kann mir sagen:
Wo der teure Freund geblieben?
Trauer hätt' ich gern getragen,
Gern ein Lied auf ihn geschrieben!

Der duft'gen Wolken Schleier.

Der duft'gen Wolken Schleier
Verhüllt der Landschaft Moor,
Um fallendes Gemäuer
Klagt der Sylphiden Chor.

Was hemmt in goldnen Lüften
Der hehren Mahnung Flug?
Was bringt aus dunkeln Grüften
Der stillen Gnomen Zug?

Es ist des Jünglings Leiche,
Sie tragen ihn empor,
Der sich im Geisterreiche
An Lauras Hand verlor!

Erglänzt von Lunas Blicken
Ruht dunkel die Gestalt,
Und durch die Dämmerung zücken
Erinnerungsblitze kalt!

Symphonie.

Ruhe! — die Gräber erbeben;
Ruhe! — und heftig hervor
Stürzt aus der Ruhe das Leben,
Strömt aus sich selbsten empor
Die Menge, vereinzelt im Thor!

Schaffend eröffnet der Meister
Gräber. — Geborener Tanz
Schweben die tönenden Geister,
Schimmert im eigenen Glanz
Der Töne bunt wechselnder Kranz!

Alle in einem verschlungen,
Jeder im eigenen Klang,
Mächtig durch's Ganze geschwungen,
Eilet der Geister Gesang
Gestaltet die Bühne entlang!

Heilige, brausende Wogen,
Ernst und wollüstige Glut
Strömet in schimmernden Bogen,
Sprühet in klingender Wut
Des Geistertanz silberne Flut!

Alle in einem erstanden
Sind sie sich selbst nicht bewußt,
Daß sie sich einzeln verbanden,
Fühlt in der eigenen Brust
Ein jeder vom Ganzen die Lust!

Aber im inneren Leben
Fesselt der Meister das Sein;
Läßt sie dann ringen und streben;
Handelnd durcheilet die Reih'n
Das Ganze im einzelnen Schein!

Der bestrafte Amor.

(1813.)

An dem Feuer saß das Kind
Amor, Amor und war blind;
Wie er mit den Flügeln fächelt,
Wie er zu der Wärme lächelt,
Hüt' dich, Amor, hüt' dich, Kind!

Und die Flamme wächst im Wind,
Amor, Amor, hüt' dich, Kind!
Wenn die Flüglein dir entbrennen
Wirst du in die Dornen rennen,
Hüt' dich, hüt' dich, blindes Kind!

Doch es höret nicht das Kind;
Amor, Amor, sieh geschwind
Fällt ein Fünklein in den Flügel,
Schreiend stürzt nun von dem Hügel
Das bestrafte, böse Kind.

Wo er eine Quelle find',
Amor, Amor sucht, das Kind;
Sieh' da stürzt er in die Dorne,
Die am Weg vom alten Zorne
Boshaft aufgestellet sind.

Mutter, Mutter komm geschwind,
Amor, Amor brennt, das Kind!
Mit den Dornen auch verglühten
All die Rosen, die dran blühten,
Strafe, Mutter, nun das Kind.

Doch ach! Mutterlieb' ist blind,
Amor, Amor ward gelind
Von der Mutter ausgescholten,
Und in Feuer neu vergolden
Ließ die Flüglein sie dem Kind.

Böses Beispiel gab das Kind
Amor, Amor leicht gesinnt,
Weil die Flüglein schöner, neuer,
Spielen Kinder gern mit Feuer,
Scheu es doch, gebranntes Kind!

Des toten Bräutigams Lied.

Ich ging auf grünen Wegen
Und trug den Hochzeitskranz,
Treu Lieb ging mir entgegen
Geschmückt mit gleichem Glanz.
„O wie blinkte ihr Krönlein schön,
Eh' die Sonne wollt' untergehn!"

Und als die lichte Wonne
Sich unter Wolken barg,
Da spielt' die letzte Sonne
Im Kranz auf meinen Sarg.
„O wie blinkte 2c."

Es ging im Witwenschleier
Treu Lieb mit mir zu Grab',
Und schwur: Mein einz'ger Freier
Sinkt mir mit dir hinab!
„O wie blinkte 2c."

Sie steckt' die Myrtenkrone
Auf meinen Totenkranz,
Die Weiber sprachen: „Schone
Ihn für den neuen Hans!"
„O wie blinkte 2c."

Sie wollt' ihn mir nur geben,
Wollt' keines andern sein,
Da lacht' das volle Leben
Mir in das Grab hinein.
„O wie blinkte 2c."

Wer meine Kron' erblickte
Und ihre Myrte drauf,
Zu seinem Nachbar nickte:
„Der wacht einst selig auf!"
„O wie blinkte 2c."

Doch als die Monde gingen
Stets müder durch den Sand,
Den Strohkranz sie ihr hingen
Ans Haus ob ihrer Schand'.
„O wie blinkte 2c."

Und die ihr Häcksel streuen
Zur Nacht vor ihre Thür,
Die hören's Kindlein schreien:
Ich kann ja nichts dafür!
„O wie blinkte 2c."

Auf meiner Krone wehen
Noch ihre Myrten stets,
Doch die sie schimmern sehen,
Die sprechen: „Ja, so geht's!"
„O wie blinkte 2c."

Dem Tode hingegeben
Hat sie ihr Kränzlein leicht,
Da hat das schlechte Leben
Den Strohkranz ihr gereicht.
„O wie blinkte 2c."

Ihr Kind am Kirchhof spielet,
Und mit dem Abendlicht
Hin nach dem Kränzlein schielet,
Und recht unschuldig spricht:
„O wie blinkte 2c."

Da hatt' ich keine Ruhe
Und mußte auferstehn,
Und ging aus meiner Truhe
Das Kränzlein einzusehn.
„O wie blinkte 2c.

„Ich wollt' den Kranz mir holen
Ins Grab mir auf das Herz,
Das Kind hat ihn gestohlen,
Da fühlt' ich wieder Schmerz.
„O wie blinkte 2c."

Konnt' nicht die Stimm' erheben,
Nicht schreien: Den Kranz gieb her!
Das Totsein wie das Leben
War mir unendlich schwer!
„O wie blinkte 2c."

Da half mir das Gewissen,
Es nahm dem Kind den Kranz,
Ich hab ihn unzerrissen,
Ich hab ihn rein und ganz.
„O wie blinkte 2c.

Um einen guten Namen
Freit sie den ärmsten Mann,
Da sie zur Kirche kamen,
Sah sie die Kron' nicht an.
„O wie blinkte 2c."

„Da sprach ich aus der Truhe:
Hab Dank für Lust und Schmerz,
Dein Kranz mit ew'ger Ruhe
Kühlt mir das treue Herz!
„O wie blinkte 2c."

„Wohl mir, daß ich gestorben,
Als er im vollen Glanz,
Mir bist du nicht verdorben,
Ich habe deinen Kranz!
„O wie blinkte 2c."

„Treu will ich ihn aufheben;
Wenn wir uns wiedersehn,
Sollst du im bessern Leben
Mit ihm gezieret gehn!
„O wie blinkte 2c."

„Denn eine einz'ge Treue
Ist aller Liebe wert,
Und eine einz'ge Reue
Zerbricht das Richterschwert!"
„O wie blinkte 2c."

Dies hört sie, ist gegangen
Still mit dem armen Mann,
Und sah nun ohne Bangen
Mein einsam Krönlein an!
„O wie blinkte 2c."

Und wenn die Abendwinde
Leis durch die Kronen ziehn,
Spricht sie zu ihrem Kinde:
Gottlob, die Zeit geht hin!
„O wie blinkte mein Krönlein schön,
Eh' die Sonne wollt' untergehn!"

Loreley.
(1801.)

Zu Bacharach am Rheine
Wohnt' eine Zauberin,
Die war so schön und feine
Und riß viel Herzen hin.

Und machte viel zu Schanden
Der Männer rings umher,
Aus ihren Liebesbanden
War keine Rettung mehr!

Der Bischof ließ sie laden
Vor geistliche Gewalt,
Und mußte sie begnaden,
So schön war ihr' Gestalt!

Er sprach zu ihr gerühret:
„Du arme Lore Lay!
Wer hat dich dann verführet
Zu böser Zauberei?"

„„Herr Bischof, laßt mich sterben,
Ich bin des Lebens müd,
Weil jeder muß verderben,
Der meine Augen sieht!

„„Die Augen sind zwei Flammen,
Mein Arm ein Zauberstab, —
O schickt mich in die Flammen,
O brechet mir den Stab!"""

„Den Stab kann ich nicht brechen,
Du schöne Lore Lay!
Es würde dann zerbrechen
Manch junges Herz entzwei!

„Ich kann dich nicht verdammen,
Bis du mir erst bekennt,
Warum in deinen Flammen
So manches Herz schon brennt!"

„„Herr Bischof, mit mir Armen
Treibt nicht so bösen Spott,
Und bittet um Erbarmen
Für mich den lieben Gott!

„„Ich darf nicht länger leben,
Ich liebe keinen mehr, —
Den Tod sollt ihr mir geben,
Drum kam ich zu euch her!

„„Mein Schatz hat mich betrogen,
Hat sich von mir gewandt,
Ist fort von mir gezogen,
Fort in ein fremdes Land!

„„Die Augen sanft und wilde,
Die Wangen rot und weiß,
Die Worte still und milde,
Die sind mein Zauberkreis!

„„Ich selbst muß drin verderben,
Das Herz thut mir so weh;
Vor Jammer möcht ich sterben,
Wenn ich mein Bildnis seh!

„„Drum laßt mein Recht mich finden,
Mich sterben wie ein Christ,
Denn alles muß verschwinden,
Weil er mir treulos ist!““

Drei Ritter läßt er holen:
„Bringt sie ins Kloster hin!
Geh Lore! Gott befohlen
Sei dein berückter Sinn!

„Du sollst ein Nönnchen werden,
Ein Nönnchen schwarz und weiß,
Bereite dich auf Erden
Zum Tod mit Gottes Preis!"

Zum Kloster sie nun ritten
Die Ritter alle drei,
Und traurig in der Mitten
Die schöne Lore Lay.

„O Ritter, laßt mich gehen
Auf diesen Felsen groß,
Ich will noch einmal sehen
Nach meines Lieben Schloß!

„Ich will noch einmal sehen
Wohl in den tiefen Rhein,
Und dann ins Kloster gehen
Und Gottes Jungfrau sein!"

Der Felsen ist so jähe,
So steil ist seine Wand,
Doch klimmt sie in die Höhe,
Bis daß sie oben stand.

Es binden die drei Reiter
Die Rosse unten an,
Und klettern immer weiter
Zum Felsen auch hinan.

Die Jungfrau sprach: „Da wehet
Ein Segel auf dem Rhein,
Der in dem Schifflein stehet,
Der soll mein Liebster sein!

„Mein Herz wird mir so munter,
Er muß mein Liebster sein!" —
Da lehnt sie sich hinunter
Und stürzet in den Rhein.

Die Ritter mußten sterben,
Sie konnten nicht hinab;
Sie mußten all verderben,
Ohn' Priester und ohn' Grab!

Wer hat dies Lied gesungen?
Ein Schiffer auf dem Rhein,
Und immer hat geklungen
Vom hohen Felsenstein:
   Lore Lay!
   Lore Lay!
   Lore Lay!
Als wären es meiner Drei!

Frühes Liedchen.
(1803.)

Lieb' und Leid im leichten Leben
Sich erheben, abwärts schweben;
Aus dem Spiegel schauen Bilder,
Blicken milder, blicken wilder!

In dem Strome Well' auf Welle
Sich geselle, trüb und helle;
Schauet nieder, arme Triebe,
Hell und trübe ist die Liebe!

Frühling muß mit süßen Blicken
Mich entzücken und berücken,
Sommer muß mit Frucht und Myrten
Mich bewirten und umgürten!

Herbst, du sollst mich Haushalt lehren,
Zu begehren, zu entbehren,
Winter lehre mich erwerben,
Gerne sterben, Frühling erben!

Wasser fallen um zu springen;
Um zu klingen, um zu singen
Schweig' ich stille, denn zu sagen
Wäre wagen und entsagen!

An dem Geburtstag einer Jungfrau.

(1818.)

Ich möcht' dir gern ein Liedchen singen
An deinem ersten Lebenstag,
Von fröhlichen und ernsten Dingen,
Wie es ein Herz sich wünschen mag.

Doch wird es wohl ein Wünschen werden,
Das du allein erfüllen kannst,
Was gut kann werden auf der Erden,
Hat Gott uns all ins Herz gepflanzt.

Du magst ja gern den Garten bauen,
Und deine Blumen standen schön;
Woll nur mit kindlichem Vertrauen
Auch auf das innre Gärtlein sehn!

Draus stehn die Lilien, die nicht spinnen,
Die leben wohl vom Himmelstau,
Die Blumen in dem Garten drinnen
Verlangen Fleiß von dir, Jungfrau!

Die Kinderschuh' sind nun zerrissen,
Stell sie bei Seit', verschlapp sie nicht,
Nimm für's Gelüsten das Gewissen,
Und statt der Spiele nimm die Pflicht!

Bedenke, daß du arm geboren,
Und daß ohn' Ordnung und ohn' Fleiß
Dir Weg und Steg ganz geht verloren,
Und recht zur Pfütze wird das Gleis!

Was armen Mädchen nicht gebühret
An Putz und leerem Büchertand,
Sei ohne Vorwurf nie berühret
Von deiner arbeitsamen Hand!

Was dir die Liebe andrer schenket,
Das freue dich, um sie allein,
Doch wenn dein Herz es recht bedenket
Sei nur das Selbsterworbene dein!

Behalte treu, was man dich lehret,
Doch was dir nicht gelehret wird,
Das werde dir von dir bescheret,
Sei immer auch dein eigner Hirt!

Stell jedes Ding an seine Stelle,
Die Ordnung ist ein reicher Schatz,
Sie hält die Übersicht stets helle,
Durch sie gewinnt man Zeit und Platz.

Und wie dein Herz sei deine Kammer,
Stets aufgeräumt und nett und rein,
Mit Unordnung bricht aller Jammer
Und Plag' und Not ins Haus herein!

Und wäre mit zu großer Liebe
Dir irgend Jemand zugethan,
Zum Heiland dann die Liebe übe,
Daß jene dir nicht schaden kann!

Heimatsgefühl.

Wie klinget die Welle!
Wie wehet ein Wind!
O selige Schwelle,
Wo wir geboren sind!

Du himmlische Bläue!
Du irdisches Grün!
Voll Lieb' und voll Treue,
Wie wird mein Herz so kühn!

Wie Reben sich ranken
Mit innigem Trieb,
So meine Gedanken
Habt hier alles lieb!

Da hebt sich kein Wehen,
Da regt sich kein Blatt,
Ich kann draus verstehen,
Wie lieb man mich hat!

Ihr himmlischen Fernen!
Wie seid ihr mir nah;
Ich griff nach den Sternen
Hier aus der Wiege ja!

Treib nieder und nieder
Du herrlicher Rhein!
Du kommst mir ja wieder,
Läßt nie mich allein!

O Vater! wie bange
War mir es nach dir,
Horch meinem Gesange,
Dein Sohn ist wieder hier!"

Du spiegelst und gleitest
Im mondlichen Glanz,
Die Arme du breitest,
Empfange meinen Kranz!

Säuf'le, liebe Myrte!

Säuf'le, liebe Myrte!
Wie still ist's in der Welt,
Der Mond, der Sternenhirte
Auf klarem Himmelsfeld,
Treibt schon die Wolkenschafe
Zum Born des Lichtes hin,
Schlaf, mein Freund, o schlafe,
Bis ich wieder bei dir bin!

Säuf'le, liebe Myrte!
Und träum' im Sternenschein,
Die Turteltaube girrte
Auch ihre Brut schon ein.
Still ziehn die Wolkenschafe
Zum Born des Lichtes hin,
Schlaf, mein Freund, o schlafe,
Bis ich wieder bei dir bin!

Hörst du, wie die Brunnen rauschen?
Hörst du, wie die Grille zirpt?
Stille, stille, laß uns lauschen,
Selig, wer in Träumen stirbt;
Selig, wen die Wolken wiegen,
Wenn der Mond ein Schlaflied singt;
O! wie selig kann der fliegen,
Dem der Traum den Flügel schwingt,
Daß an blauer Himmelsdecke
Sterne er wie Blumen pflückt;
Schlafe, träume, flieg', ich wecke
Bald dich auf und bin beglückt!

Nun soll ich in die Fremde ziehen!

Nun soll ich in die Fremde ziehen!
Mir hatte eine Himmelsbraut
Ein Zweiglein aus dem Kranz geliehen,
Ich hatte draus ein Haus erbaut;
Es grünte schon, es wollte blühen
Von meiner Thränen Flut betaut,
Da konnt' ich betend ruhig knieen,
Da hatte ich so fest vertraut.
Und soll nun in die Fremde ziehen!

Nun soll ich in die Fremde ziehen!
Sie wäre ruhig, wär' ich fort;
Der Tempel, wo wir beide knieen,
Soll nun zerbrechen, und der Ort,
Wohin ich mit ihr wollte ziehen,
Soll nun verschwinden, und der Hort
Des einen Glücks, für das wir glühen,
Soll sinken; auf ein hartes Wort
Soll ich nun in die Fremde ziehen!

Nun soll ich in die Fremde ziehen!
Ich, der die Heimat nie gekannt,
Soll meine erste Heimat fliehen,
Soll fallen in der Räuber Hand.
Was sie mir schenkte, war geliehen,
Streng fordert sie das heil'ge Pfand;
Zu ihr hab' ich um Hilf' geschrieen,
Sie weist mich nach dem armen Land.
Ich soll nun in die Fremde ziehen!

Nun soll ich in die Fremde ziehen!
Ich weiß wohl, wie die Fremde thut;
Kein Ankergrund ist mir gediehen,
Weil ich dem ungerechten Gut
Auf meinem Schiffe Schutz verliehen,
Zerbrach es in des Sturmes Wut.
Die Woge hat mich ausgespieen,
Und kaum hab' ich am Strand geruht,
Soll ich schon in die Fremde ziehen.

Nun soll ich in die Fremde ziehen!
Wohin, wohin, daß Gott erbarm;
Nicht, wo die Friedensrosen blühen,
Nicht, wo im Geist so sonnenwarm
Die Worte wie Gebete glühen;
Nein, in die Brust — den Wespenschwarm
Vergeblicher, erstarrter Mühen
Ins eigne Herz, zum eignen Harm,
Soll ich nun in die Fremde ziehen!

Das Elend soll ich einsam bauen!
O schweige nur, ich kenn' das Leid,
Den heißen Schmerz des kranken Pfauen,
Der nach der Sonne klimmend schreit;
Ich fühle in dem Abendgrauen
Der Nächte finstre Bitterkeit.
Ich war im seligsten Vertrauen
Von je dem grimmen Schmerz geweiht,
Und soll das Elend einsam bauen!

In der Fremde!

Weit bin ich einhergezogen
Über Berg und über Thal,
Der treue Himmelsbogen,
Er umgiebt mich überall!

Unter Eichen, unter Buchen,
An dem wilden Wasserfall
Muß ich nun die Herberg' suchen
Bei der lieben Nachtigall,

Die im brünst'gen Abendliede
Ihre Gäste wohl bedenkt.
Bis sich Schlaf und Traum und Friede
Auf die müde Seele senkt.

Und ich hör' dieselben Klagen,
Und ich hör' dieselbe Lust,
Und ich fühl' das Herz mir schlagen,
Hier wie dort in meiner Brust:

Aus dem Fluß, der mir zu Füßen
Spielt mit freudigem Gebraus,
Mich dieselben Sterne grüßen,
Und so bin ich hier zu Haus!

Noch ein frühes Lied.

Fahre fort mit Dornenschlägen,
Weiße Rose; meinem Herzen,
Dem verbrannten, quillt ein Segen
Aus den Thränen, aus den Schmerzen.

Breche ganz mein altes Leben,
Ich muß dir, die so erschienen,
Einen bessern Bruder geben,
Gott und dir in ihm zu dienen.

Alles muß von dir ich nehmen,
Kann dir nichts, ach gar nichts geben,
Denn du mußt den Drachen zähmen,
Um dem Herrn den Schatz zu heben.

Sieh ich beug' mich dir zu Füßen,
Du Erbarmen weine nieder;
Lehre mich, wie du zu büßen,
Thränenquell der frommen Lieder.

All' mein Letzen und Verletzen,
All mein Lügen, Trachten, Scheinen,
Darauf sollst den Fuß du setzen,
Und so im Triumph erscheinen.

Alles, was du still gelitten,
Deine Not, dein fromm Entsagen
Hat auch mir das Herz durchschnitten,
Doch du, du hast es getragen!

Alles, was du je getragen,
Sieh, das hab' ich all verschuldet,
Meine Schuld hat dich geschlagen,
Und du hast so fromm geduldet.

Und nun trägst du dies versunk'ne,
Das dich marterte, dies Herz,
O du Gottesmitleidstrunkne,
An dem deinen himmelwärts.

Finkenlied.

Vom Gesange lust'ger Finken
Durch das Fenster aufgeweckt,
Lasse ich den Schleier sinken,
Der mir meine Seele deckt.

Durch des alten Birnbaums Blüten
Schaut zwar trüber Himmel her,
Doch in meiner Brust ist Frieden;
Ach, wenn's doch der ew'ge wär'!

Nein, jetzt kann ich gar nicht trauern,
Alles scheint mir lieb und gut,
Und mir wächst da über'm Lauern
Auch ein Finkenliedermut.

Wie die kleinen Sänger schweben,
Wie es sehnt und lockt und zirpt!
O, wie herrlich klingt das Leben,
Wenn's zu neuem Leben wirbt.

Keiner fällt ohn' Gottes Willen
Von dem Dach, vom Haupt kein Haar,
Und mein Schmerz läßt sich schon stillen,
Weil ich einst unschuldig war.

Und bin ich gleich abgefallen,
Fiel ich doch in Gottes Schoß,
Lieg' da mit den andern allen,
Heil in seiner Gnade groß.

Munter Herz, schwing' dein Gefieder
Auf, wohl auf zum Kreuzes Baum,
Täglich Sonne, täglich Lieder,
Alle Nacht ein frommer Traum!

Und ein Nest in seine Wunden
Meiner Leidensbrut ich bau';
Grün liegt seine Erde unten,
Oben schwebt sein Himmel blau.

Frühlingslied.

Der Frühling erscheint,
Die Knospen schwellen,
Aus Fluren und Wäldern
Steigen die hellen
Melodischen Lieder
Der Böglein empor!
Die Schwalbe nun kehret,
Die Reben weinen,
Der Wein im Faß gähret,
Möcht' sich vereinen;
Ein buntes Gefieder
Erschwingt sich im Chor,
Aus blühendem Thor,
Zum Himmel empor!

Die berühmte Köchin.

———

Einen Teig will ich mir rollen
Ganz nach meinem eignen Sinn,
Daß gleich alle merken sollen,
Daß ich in der Küch' die Tochter
Der perfekten Köchin bin.

O du früh verlorne Mutter!
Schau das Mehl von Warschau an,
Fasaneier, Maienbutter
Rührt mit flinker Hand die Tochter
Der perfekten Köchin dran.

Rosenöl und Rosenhönig,
Rosenwasser, Mandelbrei,
Thränen, Seufzer auch nicht wenig
Mischt dem Teige nun die Tochter
Der perfekten Köchin bei.

Pim, pim, pim der Mörser klinget,
Nelken, Zimmt, Muskatennuß,
Alles bald zu Staub zerspringet,
Wie es von der Hand der Tochter
Der perfekten Köchin muß.

Rein die Hände, blank die Schürze,
Unterm Häubchen fest das Haar,
Knet' ich in den Teich die Würze,
Stelle mich so ganz als Tochter
Der perfekten Köchin dar.

Aus dem edelsten der Teige
Knet' ich einen Zuckermann,
Der den stolzen Herren zeige,
Daß man fechten für die Tochter
Der perfekten Köchin kann.

Sieh, schon knet' ich alle Stücke,
Knie und Bein und Kopf und Wanst,
Rolle, nudle, zerre, drücke;
Munter, zeige was du Tochter
Der perfekten Köchin kannst!

Kugelkloß nun wird zum Kopfe,
Zuckerwerk zu Locken kraus,
Gerstenzucker zieht zum Zopfe
Hinten lang die kluge Tochter
Der perfekten Köchin aus.

Mandelzahn im Himbeermunde,
Augen von Wacholderbeer;
Denn das Süße und Gesunde
Liebt im Angesicht die Tochter
Der perfekten Köchin sehr.

Prosit! von Pomranzenschalen
Voll verzuckertem Anis,
Nase, nimmer zu bezahlen,
Wenn dich ab aus Hast die Tochter
Der perfekten Köchin stieß.

Lipp' und Wang' aus Citronate,
Schnurr= und Backenbart umziert,
Fein gezackt vom Kuchenrade,
Was geschickt die Hand der Tochter
Der perfekten Köchin führt.

Nun ein Herz von Bisquitteige
Mit Tokaierwein durchnetzt,
Drauf geschrieben: „Lieb' und schweige!"
In die Brust ihm nun die Tochter
Der perfekten Köchin setzt.

Mit verzuckerten Maronen,
Königsberger Marzipan,
Köstlichsten Kakaobohnen
Füllet ihm den Leib die Tochter
Der perfekten Köchin an.

Und nun form' ich an zwei Armen,
Hände zwei, zehn Fingerlein,
Diese sollen voll Erbarmen
Und auch tapfer durch die Tochter
Der perfekten Köchin sein.

Beine werden nun gedrechselt,
Nicht zu grad und nicht verrenkt,
Dick und dünn hübsch abgewechselt,
Wie es angenehm die Tochter
Der perfekten Köchin denkt.

Quittenfleisch wird nun zur Wade
Und zum Fuße Marzipan,
Stiefel dann von Chokolade
Zieht dem Zuckerbild die Tochter
Der perfekten Köchin an.

O wie zierlich steht dem Schelme
Das indian'sche Vogelnest!
Auf das Ohr statt einem Helme
Macht es pfiffig ihm die Tochter
Der perfekten Köchin fest.

Orden zwölf von Zuckerkandel
Und Vanille Achselschnur,
Trägst du, Prinz von Mandelwandel,
Durch die Achtung einer Tochter
Der perfekten Köchin nur.

An den Zuckergriff des Degen,
Dessen Klinge ganz von Zimmt,
Soll er seine Rechte legen,
Weil in Schutz er gern die Tochter
Der perfekten Köchin nimmt.

Vierte Abteilung.

Gelegenheit.

Toast.
(1811.)

————

Allen, denen in dem Busen
Gott ein heilig Feu'r entflammet,
Ob es von dem Quell der Musen
Oder Mosis Dornbusch stammet,
Ob es aus dem Stahl des Schwertes,
Wenn ein guter Geist es schwinget,
Oder aus der Glut des Herdes
Eines frommen Hirten springet:
Ob es in der Seele sinnet,
Ob es innerlich beschauet,
Ob es fromm am Rocken spinnet,
Ob von Dichter-Lippen tauet,

Ob es inniglich ergrimmet,
Oder wie der Mond erquicket,
Ob es in die Chöre stimmet,
Oder einsamlich entzücket!
Was uns leiden, was uns streiten,
Was uns dichten, was uns richten,
Was uns göttlich handeln lehret,
Uns im Staub zu wandeln wehret!
Flamme Gottes in dem Krieger!
Flamme Gottes in dem Sieger!
Flamme Gottes in dem Dichter!
Flamme Gottes in dem Richter!
O ihr heil'gen Himmelslichter,
Die dem Martyrer die Qualen
Seines sel'gen Tods durchstrahlen!
Die in Simsons blinde Augen
Wie ein Sonnenfeuer tauchen,
Wenn die Säulen er umarmet.
Und der Herr sich sein erbarmet,
Er das Heldengrab sich bauet.
Selig, wer dies Feuer schauet!
Allen, denen Gott im Busen
Eine heil'ge Glut entflammet,
Ob sie aus dem Quell der Musen
Oder Mosis Dornbusch stammet!

Peter Cornelius statt Prinz Eugenius.
(Zum Lohne des Ersteren im Tone des Letzteren.)

Peter Cornelius, der edle Ritter!
Wollt' dem König wieder kriegen
Stadt und Festung am Parnaß,
Er ließ schlagen die Perücken,
Riß die Zöpfe aus den Rücken
Steckt' den Krahnen in das Faß!

Als die Perücken nun waren geschlagen,
Daß man konnte Herz und Magen
Laben im Begeist'rungs=Fluß,
Schlug bei München er das Lager,
Die Philister zu verjagen,
Ihnen zum Spott und zum Verdruß!

Und alle Tag' da kam so eben
Ein Spion bei Sturm und Regen,
Schwur's dem Meister, und zeigt's ihm an:
Die Philister futraschieren
So viel, als man kann verspüren
Goliat und Urian!

Als Cornelius dies vernommen,
Ließ er Niebeljungen kommen,
Macht' auch nicht im Sack den Faust,
That auch alle instruieren,
Wie den Pinsel sie zu führen,
Daß es den Philistern graust!

Bei der Parol thut er befehlen,
Zwölf Gebote sind zu zählen,
Und das viert' sei die Parol:
„Kunst soll Vater und Mutter ehren,
Jugend Alters Ehre mehren,
Daß ihr's geh' auf Erden wohl!"

Alles saß gleich zur Staffeleie;
Mit Kohl', Pinsel, Kreid' und Bleie
Rückt man fleißig an die Schanz,
Freskotier und auch Ölmaler
Faßten Löhnung manchen Thaler,
's war fürwahr ein schöner Tanz!

Ihr neun Musen auf der Schanze
Spielet auf zu diesem Tanze,
Füllet uns mit Munition
Und Patronen den Tornister
Gen die ledernen Philister,
Daß sie laufen all' davon!

Peter Cornelius auf der Rechten
Thät vereint den Lorbeer flechten
Mit General und Korporal,
König Ludwig schritt auf und nieder:
Malet brav ihr deutschen Brüder,
Greift die Kunst recht herzhaft an!

König Ludwig! du kannst erheben
Alte Kunst zu neuem Leben,
Bleigetroffen liegt der Schein.
Hoch! Cornelius, der dich liebet,
Hoch! der König, der ihn übet,
Ludwig hoch! der Peter ward dein!

In das Stammbuch einer jungen Sängerin.

––––

Fange jetzt schon an zu klettern
Von der Ton= zur Himmelsleiter,
Denn der Weg ist von den Brettern
In die Bretter zwar ein breiter;

Doch der Weg, der vom Parterre
Führt hinauf zum Paradiese,
Der ist schmal und voll Gesperre,
Wer ist's, der hinauf dich wiese?

Was Parterre applaudieren
Pfeift man aus in Paradiesen,
Was die Logen lorgnettieren
Tritt man einst par terre mit Füßen.

Darum fängst du süß wie Todi,
Rein wie Sonntag, klar wie Mara,
So vergesse doch den Tod nie,
Nie den Sonntag, nie das muora.

Darum denk' an das Finale;
Einst wirst du herausgerufen
Vor dem vollsten Schauspielsaale
Zu des strengsten Richters Stufen.

Möge dann dein Engel sagen:
Aufmerksam, wenn ich soufflirte,
Hat sie Kreuz und Dur getragen,
Nicht zum Moll sie inklinierte.

Stell' sie drum nicht zu den Böcken,
Die da mäckern zu der Linken,
Laß mit Lämmern rechts sie blöcken.
Amen! Laßt den Vorhang sinken.

An meine Nichte J. Brentano.

(Im Rheingau.)

Was soll ich auf das Blatt hier schreiben,
Das dich und mich recht tief beschämt;
Ist's gut, so wird's geschrieben bleiben,
Weil sich das Üben nicht bequemt.

Die Wahrheit, welche Wahrheit übte,
Hängt an dem bittern Kreuze da,
Wen andres mehr, als dies betrübte,
Der war noch nie der Liebe nah.

Hier in den Reben=Labyrinthen
Steht einsam oft dies Wahrheitsbild,
Ihm neu den Dornenkranz zu winden,
Rankt unsre Seele rauh und wild.

Die Blütenzweige der Begierde,
Die unser Geist so üppig treibt,
Wir flechten sie der Welt zur Zierde;
Mein Herr ganz ungeschmücket bleibt.

Und, ach! wir sollen ihm doch gleichen
Im Lieben, Leiden, Auferstehn,
Gezeichnet nur mit seinem Zeichen
Ihn und die Seinen wiedersehn.

Das liegt mir immer in dem Sinne,
Und will ich's sagen, klingt's zu scharf.
Ich hab' es selbst noch nicht recht inne,
Drum ich's auch noch nicht äußern darf.

Und werd' ich's einstens inne haben,
Dann werd' ich mit dem Kreuze gehn,
Und werde meine Welt begraben
Und durch den Herren auferstehen.

Wird er mich Lazarus erwecken,
Dann freu' dich, flinke Martha, du,
Dann will ich dir den Sinn entdecken
Von: Gieb Geduld, Herr, und schlag'. zu!

Kaufmann und Eremit.

(In das Stammbuch meines Neffen L. v. Gualta.)

Durch den wilden Wald geritten
Kam ein kluger Handelsmann,
Bei dem alten Eremiten
Bindet er den Esel an.

Kaufmann.

Bruder, du bist hundertjährig,
Spekulierest Tag und Nacht
Unermüdet fort, so hör' ich,
Sag', worauf bist du bedacht?

Eremit.

Freund, ich lern' die Kunst zu sterben.

Kaufmann.

Bruder, du, der schon so alt,
Brauchst nicht um die Kunst zu werben,
Lernst sie wohl von selber bald.

18*

Eremit.

Eben darum, Freund, die Nähe
Macht die Kunst mir doppelt not,
Denn noch immer nicht verstehe
Ich die Kunst vom guten Tod.

Kaufmann.

Guter Tod? Sag' mir bei Zeiten,
Was zum guten Tod gehört.

Eremit.

Gutes Thun, und Böses meiden,
Wie. uns König David lehrt.

Kaufmann.

Ein solides Haus! Doch sage,
Welche Speise dich erhält,
Daß so alt du?

Eremit.

       Alle Tage
Beste Speise von der Welt
Schickt mir Gott nach Vatersitte,
Überflüssig, mehr als Not,
Wenn ich, wie er lehrte, bitte:
Gieb mir heut mein täglich Brot.

Kaufmann.

Beste Speise? Das klingt tröstlich,
Hier im Wald, wer kocht dir doch?

Eremit.

Lieber Freund, ich esse köstlich,
Denn der Hunger ist mein Koch.

Kaufmann.

Sag' mir auch von den Geschäften,
Die du in der Wüste hast.

Eremit.

O, ich hab' nach allen Kräften
Arbeit hier, mein lieber Gast.
Einmal, daß ich Reue trage
Um die bös verwandte Zeit,
Dann, daß ich für fromme Tage
Danke der Barmherzigkeit.

Kaufmann.

Ist Bilanz gezogen, sage:
Bist du reich dann, oder arm?

Eremit.

Einen schwerern Schatz ich trage
Als mir lieb, er macht mir warm,
Doch ich laß ihn bald vergraben.

Kaufmann.

O schätzbarer Freund, wie schad'!
Gieb ihn lieber mir ins Haben,
Fehlt mir doch ein Sümmchen grad.

Eremit.

Daß ich dir mein Wort entwickel',
Sieh, mein Leib ist jener Schatz.

Kaufmann.

Konveniert nicht, der Artikel
Ist gedrückt auf unserm Platz.
Aber wünschest du zu sterben?

Eremit.

Ja, ich wünsche guten Tod,
Ewiges Leben zu erwerben.

Kaufmann.

Mir auch thut Erwerben Not,
Ich bin Kaufmann, renn' und laufe,
Hole Ware allerhand,
Die ich mit Profit verkaufe
Wieder in dem Vaterland.

Eremit.

Willst du einen Handel machen
Ganz unfehlbar, fasse Mut!
Nehme deine sieben Sachen,
Was da auf dem Esel ruht,

Lege alles bei den Armen,
Bei Gebrüder Jesu an,
Zinsen werden vom Erbarmen
Hundertfältig eingethan.
Ohne Rennen, ohne Laufen,
Ohne Wechsel, ohne Geld
Kannst du dir den Himmel kaufen,
Der viel größer als die Welt.
Und die Kunst vom guten Tode
Lernest du dann über Nacht,
Kömmst auch nimmer von dem Brote,
Das dich ewig leben macht.
Alle Künste, alles Wissen
Sind nur finstre Ignoranz
Gegen ruhiges Gewissen,
Sterbekunst zieht die Bilanz.
Andre Kunst ist nur Grimasse
Bei des Schwindlers Bankerott,
Nur die Sterbkunst stürzt die Kasse.
Voll und wichtig aus vor Gott.

––––––––

Als der Kaufmann dieses hörte,
Packet er den Esel ab,
Läßt ihn laufen, dieser kehrte
In die Welt in vollem Trab.

Und sein Herr beim Eremiten
Ist getreu am Kreuzlineal
Im Kopieren fortgeschritten
Bis er gar ward Prinzipal.
Doch der Esel bracht es weiter
Nach dem Maßstab dieser Welt,
Immer blärrt er, immer schreit er:
Geld, Papier, Papier und Geld.
Von dem Kurse prophezeit er,
Ob er steige, ob er fällt,
Diesen bald, bald jenen Reiter
Wirft er ab auf's nackte Feld.
Hat Bewundrer und Beneider
Und ist aller Moden Held.
Schnellt und prellt, und wird vom Schneider
Und vom Schuster auch geprellt.
Läßt sich Titel groß verleihen,
Geht bauchbläsig aufgeschwellt,
Läßt sich einen Tempel weihen
Zum Gott Esel mit dem Geld.
Doch, als er nicht konnte weiter
Auf der Ehren goldnem Pfad,
Flicht am letzten Sproß der Leiter
Ihn der Tod auf's Glückesrad.
Weil er so viel Lärm geschrieen,
Läßt der Krieg sein Fell für sich
Auf die wilde Trommel ziehen,
Tambur schlägt den Zapfenstrich.

Und das Eselfleisch gehacket
Und gepfeffert für den Durst
Wird in Därmen eingesacket:
Wer kauft Cervelati=Wurst?
Aus dem Gold, das übrig blieben,
Wie man auf der Börse spricht,
Ward ein Eselsbild getrieben,
Stehet noch allhier auf Sicht.
— Zu verkennen ist es nicht. --

———————

Also geht es dem Geschlechte
Jenes Esels mit dem Geld,
Nach dem ew'gen Wechselrechte
Bis zum Ende dieser Welt.

———————

Und ich hab' dies aufgeschrieben
In dem stillen Waldcomptoir,
Wo der Kaufmann war geblieben,
Dem ich gut empfohlen war.
Doch die Herren hatten beide
Eine Landpartie gemacht
Nach dem Himmel, den sie heute
Käuflich grad an sich gebracht.

Ich erfuhr den ganzen Handel
Aus dem großen Cirkular,
Das gen Wetter, Wind und Wandel
Auf ein Kreuz gehauen war.
„Dato zahlet unſre Kaſſe
Armenwechſel mit Contant
In der Allerheilgen Gaſſe,
Eingang bei der Eiſern Hand.
Unſre Firma noch empfehl' ich
Ihrer Nachachtung allhie,
Leberecht und Sterbeſelig
Vater, Sohn und Kompagnie."

————

Nachſchrift.

Gott erhalt' dich, lieber Vetter,
In dem neuen Lebenslauf,
Paßt dies nicht in deine Blätter,
Gieb's dem Böhmer, der hebt's auf.

Inhalt.

~~~~~

Erstes Buch.
Geistliche Gedichte.

Zweites Buch.

Weltliche Gedichte.

Erste Abteilung: Vaterland.

Zweite Abteilung: Liebe.

Dritte Abteilung: Bilder.

Vierte Abteilung: Gelegenheit.

Das Gedicht S. 5 „Weihelied", findet sich bis zur vierten
Strophe auch unter den Liedern Luise Hensels mit der Überschrift
„Kindeslallen"; S. 38 „Heimweh der ausgesendeten Kinder" hat
letztere unter dem Titel: „Die Kinder in der Fremde" — wem die
Autorschaft zuzuschreiben, kann wohl nicht festgestellt werden.

www.ingramcontent.com/pod-product-compliance
Lightning Source LLC
Chambersburg PA
CBHW020900020726
47497CB00005B/1487